Hanna Ziegler

Maskenball

und andere Geschichten

©Hanna Ziegler 2011-2012

Inhaltsverzeichnis

Der Spaziergang	3
In der Papeterie	24
Der Blick aus dem Fenster	45
Die Mauer	53
Der schöne Schein	81
Das helle Nichts im Schatten des Mondes	87
Maskenball	146
Antigone	162

Der Spaziergang

Schwarze Zugvögel sitzen in den Zweigen eines kahlen Baumes und ruhen einige Stunden aus auf ihrem Weg gen Süden. Der Himmel ist verhangen, und graue, dunkle Wolken künden Regen an. Auf den Wegen liegen gelbe, braune, orange, rote Blätter als Abschiedsgeschenk des Sommers zur Erinnerung an ihn. Ein kleines, weißes Haus steht nicht weit entfernt vom Ufer eines Flusses, der ruhig und träge durch das Land fließt. Die Haustür öffnet sich, und heraus tritt ein älterer Herr in einem grauen Mantel. Über seinem Arm hängt ein schwarzer Regenschirm. Heiner Ritter geht den schmalen Weg entlang bis zu seiner Gartenpforte, öffnet sie und geht dann hinab zum Fluss. Die ersten Tropfen beginnen zu fallen. Wasser läuft von seiner Stirn die Schläfen hinunter. Kühl und feucht ist die Luft. Es weht ein leichter Wind. Ihn fröstelt, und er wischt mit der Hand die Feuchtigkeit von seinem Gesicht. Doch die kühle Luft tut ihm gut. Seit seiner Pensionierung ziehen sich die Stunden allein in seinem kleinen Haus manchmal zäh hin wie Honig. Süß, denn er ist nicht unglücklich mit sich allein, aber doch zu süß. Hier draußen fühlt er sich neu belebt. Immer mehr Tropfen fallen platschend in die Pfützen auf dem breiten Spazierweg entlang des Ufers. Er spannt seinen Schirm auf und beginnt zu laufen. So ruhig und harmlos sieht der Fluss auf, der ihm entgegen fließt, doch er weiß, welche Gefahren unter seiner glatten Oberfläche lauern, wie reißend der unterschwellige Strom ist, wie tief und dunkel der Grund. Je länger Heiner auf das dahin flutende Wasser blickt, desto mulmiger wird ihm, desto verlorener in der Weite der Welt fühlt er sich. Doch er hält der Beklommenheit stand. So frisch und angenehm ist der Wind auf seinen Wangen, so beruhigend und schön das Plattern des Regens auf seinem Schirm, dass er einfach weitergehen muss. Tief blickt er in das Wasser hinein und sieht plötzlich Schwärme von bunten Fischen durch wogende Wasserpflanzen einem Korallenriff entgegen schwimmen. Das Wasser ist nicht mehr grauschwarz sondern aquamarinblau mit einem Hauch von grün. Der Matsch am Rand des Ufers wird zu hellbraunem Sand und die Brücke über den Fluss zu einer terrakottafarbenen Promenade. Die Jacken der Spaziergänger vor ihm sind bunte Sonnenschirme am Strand und die kahlen Pappeln am Ufer dunkelgrüne Pinien, deren Nadeln als abgestorbene Zweige auf dem sandigen Weg liegen. Heiner lächelt, so lang ist das her, seine Zeit am Mittelmeer. Es ist, als ob der Wind, den nichts interessiert als die Ewigkeit, in sein Ohr geflüstert hätte: „Lass uns über Deine Vergangenheit sprechen," und das Wasser, das nichts so sehr mag wie Berührung, glucksend dazu gemurmelt hätte: „Es soll Dir auch eine Freude sein."

„Wie schön es damals dort war", denkt er. Und als das Bild verblasst, blickt er mit Freundlichkeit und ganz ohne Beklommenheit auf den schwarzgrau dahinfließenden Strom. Ganz warm ist ihm geworden und aufgeregt erinnert er sich an seine Zeit im Süden. Es war sein erster Auslandsaufenthalt. Mit weit offenem Hemd saß er in seinem Büro, der Ventilator zerzauste sein Haar, als Gesandter seines Lands fühlte er sich geheimnisvoll und verwegen. Nie war das Tageslicht grau so wie bei ihm zu Hause, immer war es warm und gelb, so dass man die Anwesenheit der Sonne spürte und so ganz von allein an die Liebe glaubte. Am Abend ging er am Strand spazieren. Die Steine der Promenade glühten noch von der Hitze des Tages, das Lachen und Kreischen der Kinder war kaum verklungen. Der Tag war bereit, alles, was er gesammelt hatte, dem zu enthüllen, der danach schaute.

Einmal sah Heiner eine junge Frau mit langem, schwarzen Haar in einem weißen Kleid im Sand ganz nah am Wasser entlang laufen. Er saß auf einem Stein an der Promenade, ein

Buch in den Händen, versunken in den Text. Sie war plötzlich in seinem Blickfeld hinter der Buchkante aufgetaucht, durch die Entfernung so klein, so dass sie ihm erschien wie eine Figur, die aus den Seiten herausgehüpft sei und nun vor ihm zum Leben erwache. Er hob den Kopf und blickte sie lange und eindringlich an. Sie ging mit der Schulter zu ihm gewandt. Nach einer Weile schob sie mit einer Hand gedankenverloren eine Strähne hinter das Ohr, so wie man es tut, wenn man jemandem gegenüber sitzt und sich unterhält und sein ganzes Gesicht zeigen möchte. Nach einigen Metern hielt sie kurz inne, so als ob sie sich der Geste bewusst geworden sei und sich frage, warum sie das hier ganz allein am Strand tue. Und dann drehte sie sich zögernd in seine Richtung und blickte ihm direkt ins Gesicht. Er saß ganz still und hielt dem Blick ernst stand. Dann rief er „Hallo!", hob die Hand und winkte ihr zaghaft zu. Sie lächelte, zuerst ein wenig ungläubig, dann gutmütig und ging durch den Sand zu ihm hin. „Kennen wir uns?", fragte sie auf englisch. „Nein", räumte er verlegen ein. „Ich dachte nur, vielleicht wäre es nett, wenn wir uns kennen lernen würden." Sie lächelte wieder, ganz warm und herzlich. Sie war barfuss und in der rechten Hand trug sie ein paar hellbraune Sandalen. „Möchten Sie ein wenig mit mir am Wasser entlang gehen?", fragte sie ihn. Warm und leicht wie

Flügel war die Freude, die sein Herz ergriff. „Ja, sehr gerne", antwortete er ernst, sprang von dem Stein hinunter und folgte ihr zum Wasser. Die Sonne sank feuerrot am Horizont. Das Wasser, das sanft an den Strand schwappte, wurde dunkel und unergründlich. Doch an der Seite dieser fremden Frau fühlte er sich geborgen, und er hätte ewig mit ihr durch den Sand laufen können. Sie sprachen wenig. Er erzählte ihr kurz von seiner Arbeit, sie ihm von der ihren. Die Stadt am Mittelmeer war ihre Heimat. Sie war Dolmetscherin von Beruf und träumte so wie er von fernen Ländern. Als die Dunkelheit des Wasser mit der Dunkelheit des Abends verschmolzen war, konnten sie nur noch die Lichter der Boote auf See und der Häuser an der Strandpromenade sehen, die von der Ferne wie kleine Punkte blinkten und ihm für einen kurzen Moment das Gefühl gaben, mitten im Himmel, umgeben von Sternen zu sein. Er traute sich nicht, sie zu berühren. Er hatte Angst, den zarten Einklang, in dem sie nebeneinander herliefen, aus dem Gleichgewicht zu bringen. Immer wieder blickte sie ihn stumm und nachdenklich von der Seite an und dachte: „Wie schön es doch ist, mit diesem Mann zu schweigen." Irgendwann drehten sie um und liefen zurück in Richtung der Promenade. Je näher sie dem Stein kamen, auf dem er am frühen Abend gesessen hatte, desto unruhiger wurde er.

„Wie würden sie verbleiben?", fragte er sich. Er würde sie so gerne wiedersehen. „Werden Sie morgen Abend wieder hier sein?", fragte er sie mit zittriger Stimme, als sie den Stein erreicht hatten. „Nein", entgegnete sie. Kalt und feucht war die Enttäuschung in ihm. Ihre großen, braunen Augen irrten suchend auf seinem Gesicht umher. „War es ihm egal? War er traurig darüber?", fragte sie sich, aber sein Gesichtsaudruck war gefasst und ernst, sie konnte es nicht erkennen. „Ich werde morgen verreisen, aber am nächsten Wochenende komme ich zurück. Werden Sie am Samstag Abend hier sein?", fuhr sie fort. Erleichtert und bewegt ergriff er ihre Hand: „Ja, natürlich! Ich meine, sehr gerne." Sie lächelte geheimnisvoll, diese Geste hatte sie verstanden. Diesen Ausdruck seiner Anteilnahme würde sie ganz tief in sich verstecken und ihn im Laufe der Woche mit ihren Gedanken gießen, bis er knospen und zu schöner Erinnerung an ihn erblühen würde. „Dann bis Samstag!", sagte sie leicht. „Ich freue mich darauf." Er nickte und lächelte zärtlich. „Dann bis dann." Gut gelaunt gingen sie auseinander. Die laue, dunkle Nacht trug ihn auf samtenen Schwingen zu sich nach Hause. Kurz vor dem Einschlafen dachte er noch: „Ich habe sie gar nicht nach ihrem Namen gefragt" und sank dann in einen tiefen, erholsamen Schlaf.

Am nächsten Morgen in seinem Büro konnte er sich kaum konzentrieren. Es war so warm und sonnig, der warme Wind, den der Ventilator schuf, wehte durch sein Haar und streichelte seine Brust. Immer wieder schloss er die Augen, versank in Gedanken an die junge Frau, sah sie wieder von dem Stein aus in weißem Kleid mit wehendem, schwarzen Haar am Wasser entlang gehen. Erlebte noch einmal ihre Begegnung und stellte sich mit süßer Wehmut vor, was an diesem Abend geschehen wäre, wenn sie nicht auseinander gegangen wären. Gegen Mittag riss ihn eine Kollegin aus seinen Träumen. Vor ihm lag aufgeschlagen auf Seite 1, ungelesen, der Ordner, den er am Vormittag hätte bearbeiten sollen. „Herr Ritter, guten Tag." Er schreckte auf. „Ich soll Ihnen ausrichten, dass der Chef sie gegen 2 Uhr in seinem Büro erwartet. Es sei dringend." Belustigt blickte sie auf ihn herab, wie er da so zerzaust und abwesend in seinem Sessel saß. „Ich werde da sein", entgegnete er eilig. „Gut", sagte sie etwas skeptisch und zog sich dann zurück. Er beeilte sich, wenigstens ein bisschen etwas vor dem Termin zu erledigen und stand dann pünktlich um 14 Uhr vor der Tür seines Chefs. Dieser musste auf sein Erscheinen gelauert und seinen Schritt gehört haben, denn kaum hatte er die Tür erreicht, rief eine tiefe, voluminöse Stimme von innen: „Kommen sie herein!" Er tat wie ihm befohlen und fand sich bald im Besucherstuhl vor dem großen Mahagonischreibtisch seines Chefs wieder. „Danke, dass sie sich die Zeit genommen haben", begann dieser jovial. Heiner wurde sogleich nervös. Das war sehr verdächtig. Sein Chef bedankte sich nie und schon gar nicht seinen Untergegebenen gegenüber. „Mmhm", nuschelte und verzog den Mund zu einem schiefen Lächeln. „Ich habe etwas sehr Wichtiges mit Ihnen zu besprechen", fuhr sein Chef Herr Stein fort. „Es hat einen völlig überraschenden Todesfall in unserer Zweigstelle in Bangkok gegeben." Heiners Magen krampfte sich zusammen. „Um es kurz machen: Es hat einen jungen Kollegen mit genau ihrer Spezialisierung getroffen. Wir können diesen Posten nicht unbesetzt lassen. Ich weiß, dass Sie erst seit ein paar Monaten hier sind, aber unsere internen Recherchen haben ergeben, dass es weltweit in unserem Unternehmen eigentlich niemand gibt, der so gut zu dieser Stelle passen würde wie Sie. Ich muss Sie daher bitten, schon morgen nach Bangkok zu fliegen und die Lage dort zu sichten. Ende des Monats können Sie dann zurückkommen und ihren Umzug organisieren." Er hatte schnell, beiläufig und mit großer Sicherheit gesprochen. Nun hob er seine Hände, legte die Handflächen gegeneinander und tippte immer wieder mit den Fingerspitzen gegen seinen

Mund. Heiner merkte, dass er versuchte, seine Worte mit Bedacht zu wählen. Es fiel ihm sichtlich schwer. Schweißperlen traten auf seine Stirn. „Es tut mir leid, dass ich Sie damit so überfallen muss", fuhr er langsam fort. „Sehen Sie es als Chance. Viele ihrer Kollegen träumen von Asien. Gerade für einen jungen Menschen ist es eine einmalige Erfahrung, auf einem Europa so fernen, so fremden Kontinent zu leben." Sein Einfühlungsvermögen war erschöpft, er atmete tief durch und erwartete, dass Herr Ritter nun unerfreut, aber dienstfällig nicken und dann sagen würde, dass er gleich alle notwendigen Vorbereitungen treffen werde. Doch Heiner blieb sitzen und schwieg und starrte seinen Chef an. Normalerweise hätte ihn diese Nachricht geärgert, aber bald hätte er sie akzeptiert. Er hatte sich freiwillig zum Auslandsdienst gemeldet, er wollte die Welt kennen lernen, und es gab viele Länder, auf die er neugierig war. Auch Thailand interessierte ihn sehr. Doch an diesem Tag ergriff ihn Wut ob der Rücksichtslosigkeit seines Chefs und Verzweiflung und Schmerz, weil er im Begriff war, ihm so etwas Wertvolles wie die beginnende Bekanntschaft mit der jungen Frau, seine Vorfreude, seine zarten Gefühle zu nehmen. Er wollte aufbegehren, sich aufbäumen, „Nein" schreien, aber er konnte es nicht. „Was ist, wenn ich mich weigere?", fragte er dennoch forsch. „Nun ja", antwortete Herr Stein überrascht und leicht verärgert. „Ihnen ist Ihre Karriere hier bei uns anscheinend nicht wichtig. Ich könnte dieses Unternehmen nicht leiten, wenn ich auf alle Belange Rücksicht nehmen würde. Ihr jetziger Posten wird besetzt sein. Bemühen Sie sich von Bangkok aus um eine Beförderung, der Weg hierhin zurück führt über den Aufstieg. Sie kennen unsere Unternehmensphilosophie. Leistung wird belohnt. Aber ehrlich gesagt, ärgert es mich immer wieder, dass die jungen Leute nicht bereit sind, Unwägbarkeiten auf ihrem beruflichen Weg in Kauf zu nehmen. Immer erwarten sie, dass alles von alleine geht, völlig problemlos, am besten noch, ohne dass sie einen Finger dafür krümmen müssen und wollen sich immer nur amüsieren. Ich verstehe nicht, dass niemand mal das Bedürfnis hat zu zeigen, was in ihm steckt, eine Herausforderung anzunehmen, eine schwierige Situation zu meistern!" Herr Stein hatte sich in Rage geredet. Er lockerte seinen Hemdkragen. Gewinnend blickte er zu Heiner. „Nun geben Sie sich einen Ruck! Sie werden das schon schaffen. Und nachher sind Sie froh, dass Sie sich getraut haben, etwas Ungewöhnliches zu machen." Heiner blickte ihn unendlich traurig an. Wie sollte er ihm nur erklären, worum es ging? Er war machtlos. Ohmacht kroch in all seine

Glieder. Er war arm. Dieser Job war seine einzige Sicherheit im Leben. Seine Familie zu Hause erwartete von ihm, dass er bei diesem Unternehmen blieb. Sie waren so stolz gewesen, als er die Stelle erhalten hatte. Sie hatten sich so darum bemüht, ihm ein gutes Leben zu ermöglichen. Sie würden nicht verstehen, wenn er dies plötzlich aufgab und wären so enttäuscht und verletzt. Er musste sich opfern.

Mit glasigen Augen nickte er mechanisch. „Ja, ich verstehe", sagte er mit hohler Stimme und hörte sich selber dabei zu. Er war ganz weit weg und steuerte sich von der Ferne. Dieser junge Mann dort in dem Besucherstuhl war gleichgültig und funktionierte. Aber das war nicht er. Er selbst hatte sich ganz tief in sich zurückgezogen, kauerte in einer Kammer in seinem Herzen und wartete darauf, wieder herauskommen zu dürfen.

In diesem Moment reißen seine Gedanken ab, er wird wieder des ruhig dahinfließenden Flusses und des Plattern des Regens auf seinem Schirm gewahr. Dunkel und reißend ist der unterschwellige Strom seiner Gedanken. Schon so lange hat er nicht mehr an die junge Frau gedacht. Als er drei Wochen später von seiner Reise nach Bangkok zurückgekehrt war, um die letzten Umzugsvorbereitungen zu treffen, hatte er sich jeden Abend auf den Stein an der Promenade gesetzt und auf sie gewartet, doch sie war nicht gekommen. Er fragte die Ober in den Cafés und der Promenade und einige Spaziergänger, doch niemand hatte eine junge Frau gesehen, die zu seiner Beschreibung passte. Und so war er resigniert nach Thailand abgereist.

Er erträgt den Fluss nicht mehr und wendet sich abrupt nach rechts. Schon vor mehreren hundert Metern hat er die letzten Häuser hinter sich gelassen, und vor ihm liegt jetzt eine weite, braungrüne, karge Wiese, deren Boden an manchen Stellen schon gefroren ist. Der Regen und die feuchte Erde haben Löcher in die Grasdecke gerissen. Die hauchdünnen Flächen aus Eis knacken und zerbrechen unter seinen Schuhe wie zartes Glas, als er darüber geht. Zersplittert lässt er sie zurück. Es gefällt ihm, so seine Wirkung, die Wirkung seines Gewichts zu spüren. Er ist so viel allein. Zu seiner Linken führt am seitlichen Ende der Wiese eine kleine Zufahrtsstraße zum Fluss. Ein grauer Lastwagen fährt langsam die leichte Steigung hinunter zum Ufer. Der Anlegeplatz eines Schiffes ist dort. Er beobachtet die gemächliche Fortbewegung des Fahrzeugs. Seine schwere Ladung lässt es leicht hin und her schwanken. Es ist so beruhigend, ihm zuzuschauen und holt ihn hinauf aus den Tiefen, in die seine Gedanken geraten waren. Hin und her.... Hin und her..... Neue Erinnerungen drängen an die Oberfläche. Groß und grau sind die Füße des Elefanten, den er langsam auf sich zu wanken sieht. Er trägt eine schwere Last, einen hölzernen Sitz, auf dem drei junge Frauen in pastellfarbenen Sommerkleidern mit weißen Handschuhen und weißen Sonnenschirmen in der Hand sitzen. Sie lachen, rufen durcheinander. Er steht auf leuchtend hellgrünem, saftigen Rasen. Fast türkis ist er. Um seinen Hals hängt ein Fotoapparat. Sie winken ihm zu. „ Heiner, jetzt! Jetzt ein Foto! Sonst sind wir doch viel zu nah!" rufen sie ihm zu. Er lächelt gutmütig. Die Sonne brennt auf seinen Kopf. Es ist so heiß hier. Es ist eine Hitze, von der es nie Erleichterung gibt. Auch im Schatten ist heiß. Nur ein Bad im Wasser bringt Erlösung. Betäubt von der Hitze hebt er mechanisch den Apparat hoch, blickt durch die Linse und schießt das Foto. Gerne würde er noch länger in dieser Stellung verharren. Es erscheint ihm richtig, den Elefanten und die drei Damen durch die Linse zu betrachten. Es ist das Bild, das ihm gefällt, aber das Leben, das es birgt, das seinem Leben so nahe ist, berührt ihn nicht. Und diese wirkungslose Anwesenheit des Lebens in seiner Nähe betrübt ihn zutiefst. Er fühlt sich wie lebendig begraben. Nur als der Elefant den Rüssel reckt und laut trompetet, als wolle er sich in Pose werfen für das Foto, lächelt er in sich hinein.

Zu diesem Zeitpunkt lebte er schon zwei Jahre in Thailand. Die Zeit war schnell vergangen. Die Arbeit ähnelte tatsächlich sehr derjenigen bei seinem letzten Posten und fiel ihm leicht. Wenn er am Wochenende Ausflüge mit seinen Kollegen machte, dann genoss er den Anblick der Landschaft, der leuchtenden Grüntöne, die sich so sehr von dem Grün in Europa unterschieden, der farbenprächtigen Bekleidung der Einheimischen und der exotischen Tiere. Es erschien ihm so, als ob er auf den hochglänzenden Seiten eines Bildbandes entlang spazierte. Doch wie die Bilder in einem Bildband wurde auch er nur begleitet von Worten. So gewöhnte er es sich an, viel zu sprechen. Die Worte sprachen zu ihm, und er sprach sie aus. Manchmal verstanden seine Kollegen nicht, warum er dies oder jenes erzählte. Aber sie bewunderten ihn für seinen schier unerschöpflichen Vorrat an Anekdoten, Kenntnissen auf den verschiedensten Gebieten und Eindrücken, die er so gekonnt wiederzugeben wusste.

Am Abend in seiner Wohnung, wenn er vergaß, wo er war, dann entfaltete sich seine Seele, dann kroch er heraus aus der kleinen Kammer in seinem Herzen und war einfach nur da. Er legte sich auf sein Bett und schaute aus dem Fenster in den Himmel. Und dieser widersprach ihm nicht, sondern breitete seine wohltuende Decke über ihm aus, bis er ganz ruhig tief ein- und ausatmete und in einen traumlosen Schlaf sank. Am nächsten Morgen wachte er dann erfrischt und mit einem Hauch von Leben in sich auf, bis ihn der Tag, der ihm immer nur beiläufig und freundlich zunickte und sein Glück anderen Menschen schenkte, wieder zurücksinken ließ in die dunkle, kleine Ecke in seinem Herzen.

Manchmal versuchte er, sich zu erklären, warum ein einziger Abend ihn so verändert hatte. Das Bild der jungen Frau verblasste immer mehr in seinem Kopf, er war nicht mehr verliebt. Aber er trug eine unerschütterliche Gewissheit in sich, dass sich aus dieser Begegnung Glück und wahre Liebe entwickelt hätte. Sein Schicksal war gewaltsam durchkreuzt worden. Er konnte sich einfach nicht dem Gefühl entwinden, dass dies nicht sein Leben war, an dem er teilnahm, und auch die Hoffnung nicht aufgeben, dass es dort am Mittelmeer auf ihn wartete und er es nur suchen und wieder hineinschlüpfen müsste. Wenn er doch nur eine Chance hätte, dorthin zurück zukehren…

Er ist am Ende der Wiese angelangt. Hier ist das Eis schon geschmolzen und die Erde wieder matschig und braun. Der Regen hat aufgehört und die Dämmerung hat sich lautlos angeschlichen und liegt wie ein grauschwarzer Schleier über dem Land. Bald wird es Abend sein. In der Ferne leuchten die Fenster der ersten Häuser der Straße, die fort vom Ufer führt, wie goldgelbe Schmucksteine auf dem grauen Gewand. Schnell überquert er die letzten Meter der Wiese. Beklemmend hat sich die Dämmerung auch auf ihn gelegt. Er möchte sie abschütteln und kann es nicht. Erst als die dunkelblaue Nacht in das Land fließt, löst sie sich auf wie ein Schleier, der zu Staub verfällt. Inzwischen ist er bei den Häusern angelangt. Das erste Haus in der Straße hat große Fenster, das Wohnzimmer ist hell erleuchtet. Er bleibt stehen und blickt hinein. Es ist schön eingerichtet, im Kamin flackert ein Feuer. Ein älterer Mann, vielleicht so alt wie er, ist in dem Zimmer. Unruhig geht er auf und ab. Er hält etwas in der Hand, Heiner drängt sich ganz nah an die Scheibe, um zu erkennen, was es ist. Es sind Papiere. Der Mann bemerkt ihn nicht, so gefangen ist er in seinen Gedanken. Plötzlich bleibt er abrupt stehen, so als ob er eine Entscheidung getroffen hätte, zerreißt die Papiere und wirft die Fetzen in das Feuer.

Es lodert hoch auf. Heiner schaut den gelb, rot, orangenen Flammen beim Tanzen zu.

Schon einmal hat er lange in ein Kaminfeuer geblickt. Der Kamin wird zu dem Kamin in dem Zimmer seines ehemaligen Chefs Herrn Stein. Es war der Tag, an dem die Testergebnisse bekannt gegeben wurden. Die Ergebnisse des Tests, den man bestehen musste, um sich um eine höhere Position in dem Unternehmen bewerben zu dürfen. Er war extra in die Stadt am Mittelmeer geflogen, um daran teilzunehmen. Es war ein kalter Novembertag, der Wind peitschte die Wellen des Meeres hoch. Warm und gemütlich flackerte das Feuer im Zimmer von Herrn Stein, der ihn zu sich hatte rufen lassen. Auch dieses Feuer tanzte und schien sich von etwas besonders Entzündlichem zu nähren. Sein ehemaliger Chef hatte wieder die Handflächen gegeneinander gelegt und rang um Worte. „Ich weiß nicht, wie ich es sagen soll", sagte er mit gespieltem Bedauern. „Es tut mir wirklich leid. Ich weiß, welche Mühen Sie auf sich genommen haben, um wieder hierhin versetzt zu werden. Aber es ist mir leider nicht möglich, ihnen diesen Wunsch zu erfüllen." Er machte eine Kunstpause, während der Heiner in sich zusammensackte. „Sie haben den Test nicht bestanden." „Was, warum denn das?", fragte er aufgebracht. „Ich habe monatelang dafür gelernt und hatte ein gutes Gefühl beim Schreiben. Ich wusste alle Antworten." „Es tut mir leid", wiederholte Herr Stein, ein bißchen weniger freundlich als zuvor und mit einem Hauch von Ungeduld in der Stimme. „Wie bereits gesagt, ich weiß ihr Bemühen zu schätzen." Und damit wandte er sich ab, die Audienz war beendet.

Heiner ging daraufhin in sein altes Büro, das leer stand. Gedankenverloren schaltete er den Computer an. Eine Nachricht wartete in seinem Postfach auf ihn. „Herzlichen Glückwunsch", stand dort und „Ich gratuliere Dir zu dem tollen Testergebnis und der Beförderung. Matthias" Matthias war ein Freund und Kollege von ihm. Damals dachte er, an solch einem Tag tut eine Verwechslung ganz besonders weh, und er antwortete nicht. Jetzt ist er plötzlich aufgeregt. Und wenn es gar keine Verwechslung war? Er wendet den Blick ab von dem hell erleuchteten Wohnzimmer und den tanzenden Flammen, die ihm den Widerspruch zwischen den beiden Nachrichten erklären zu wollen scheinen, und eilt nach Hause.

Er weiß, dass der Kollege, der ihm damals geschrieben hat, noch lebt. Warm ist es in seinem kleinen, weißen Haus und so ruhig. Er schüttelt sich wie ein nasser Hund nach einem

Spaziergang im Regen, nachdem er über die Schwelle getreten ist. Dann geht er zum Telefonbuch und sucht die Nummer seines Kollegen heraus. Dieser ist zu Hause und nimmt sofort ab. Mit gedämpfter Stimme spricht er mit ihm so, als ob die Schatten des Unternehmens noch immer bis zu seinem Haus reichen würden. Sie unterhalten sich eine Stunde lang, der Kollege prüft etwas im Computer nach ,und dann ist seine Vermutung zur Gewissheit geworden. Eigentlich hatte er den Test bestanden. Intern standen die Ergebnisse einen Tag lang am Schwarzen Brett. Doch kurz bevor es offiziell werden und er auf seinen neuen Posten berufen werden sollte, wurde das Ergebnis gelöscht, und der Cousin seines ehemaligen Chefs bekam die Stelle. Es waren vermutlich die Überreste seines Tests, der vernichtet werden musste, die die Flammen im Zimmer von Herrn Stein so tanzen ließ. Seit jenem Tag, an dem Herr Stein ihm sein falsches Bedauern ausgedrückt hatte, war Heiner nie wieder in die Stadt am Mittelmeer zurückgekehrt, obwohl er sein gesamtes Berufsleben im Ausland verbracht hat. Und auch die Frau hat er nie wiedergesehen. Er ist unverheiratet geblieben. Sein eigenes Bedauern und seine Traurigkeit darüber haben sich im Laufe der Jahre in eine stille Sehnsucht verwandelt, die ihn in ruhigen Stunden erfüllt und ihn tagträumen lässt. Und so wie sehr viel Wasser über eine Muschel fließen muss, bis sich darin eine Perle bildet, so haben sehr viele Gedanken durch seinen Kopf fließen müssen, bis er dem Kern seines Berufslebens auf die Spur gekommen ist.

Immer hatte er sich Vorwürfe gemacht, dass er diese eine Chance nicht genutzt hatte und selber schuld daran war, dass diese Liebesgeschichte kein glückliches Ende gefunden hat. Jetzt ist er plötzlich so erleichtert. Und angenehm berührt ihn der Gedanke, dass er dem Verlauf der Dinge ausgeliefert gewesen ist so wie dem Fließen des Flusses. Selbst wenn er schon damals den Betrug aufgedeckt hätte, hätte dies nichts geändert. Herr Stein war in dem Unternehmen ein mächtiger Mann. Nichts hat er versäumt und keinen Vorwurf braucht er sich zu machen. Nur zu fürchten hat er das unterschwellige Reißen des Flusses, die dunkle Tiefe des Stroms, an der nichts Gutes und Gerechtes ist, sondern die einzig und allein ein Machtspiel der Natur ist.

Am nächsten Morgen scheint die Sonne. Der Himmel ist hellblau und ganz klar. Weiße Schäfchenwolken ziehen dahin. Die schwarzen Zugvögel haben ihre Reise gen Süden angetreten. Fünf grüne Papageien sitzen plötzlich in den

Zweigen der kahlen Bäume am Flussufer. Sie sehen aus, als ob sie aus einem Zoo geflohen wären. Sie erinnern ihn an all das Schöne und Exotische in seiner Vergangenheit. Und als die Sonne am Mittag ihren höchsten Punkt erreicht hat und ihn wärmt, und all die feuchte Beklommenheit des gestrigen Spazierganges aus ihm gewichen ist, schließt er Frieden mit seinem Leben und denkt, dass alles gut so ist wie es ist.

In der Papeterie

Die Wände des kleinen Ladens waren gesäumt von hellbraunen Holzregalen, in denen säuberlich in Fächern geordnet das Papier lag. Einfaches, weißes Papier, cremefarbenes Büttenpapier, transparentes Papier in zarten Pastellfarben, transparentes Papier mit Mustern im gleichen Ton des Papiers bedruckt, buntes Papier aus dünnem Karton mit den dazu passenden Briefumschlägen, aufgerautes und ganz glattes, glänzendes Papier, hauchdünnes und kräftiges Papier. Wenn sich die Tür des Ladens öffnete, dann fuhr ein Luftzug durch die Blätter, ließ sie rascheln und auf und ab tanzen wie ein leichtes Federkleid.

An der hinteren Wand stand der Ladentisch aus Buchenholz, hinter dem eine ältere Dame saß und den Kunden zusah, wie sie kamen und gingen. Im Hintergrund erklang leise Musik, eine warme und dunkle Frauenstimme sang ganz ruhig und melodiös melancholische Lieder. An Stangen hinter dem Tisch hing Geschenkpapier und Spulen mit bunten Bändern aus Samt, Satin und Seide. In einem weiteren hellbraunen Regal standen Teelichter ummantelt mit Hüllen aus Papier, die denjenigen, der sie erwarb, zu Hause an das Licht in dem

Laden erinnern würden. Und daneben lagen Notizbücher mit leerem, kariertem und liniertem Papier.

Die Dame hieß Frau Weiß, war von kleiner Statur und ein wenig mollig, hatte kurze, helle Haare, trug immer weiße Blusen, eine Lesebrille und strahlte sehr viel Ruhe und Wärme aus. Sobald man sie bemerkte und begann, ihre Präsenz in sich aufzunehmen, spürte man zudem, dass eine Aura des Geheimnisvollen sie umgab. Wenn die Kunden von ihr angezogen betört in ihrer Nähe stehen blieben und ihren ruhigen Blick auf sich spürten, dann dachten sie plötzlich, dass es unendlich viele interessante Dinge gäbe, die es wert waren, aufgeschrieben zu werden. Sie fühlten, wie aufregende Gedanken sich in ihnen zu regen begannen. Noch konnten sie sie nicht greifen, aber sie dachten: „Gleich, gleich, wenn ich wieder zu Hause bin, dann werden sie alle da sein. Es sind Gedanken, die ich schon immer hatte, aber die mir nicht wichtig erschienen. Und jetzt plötzlich beginnen sie, einen Sinn zu ergeben und sich zusammenzufügen wie die Teile eines Puzzles." Doch dann wandte die Dame ihren Blick von ihnen ab und die schemenhaften Vorstellungen entglitten den Kunden wieder. Sie wollten die Hand nach ihr ausstrecken und blickten sie irritiert und verwundert an.

„Kann ich etwas für Sie tun?", fragte sie dann mit höflicher und freundlicher Stimme. Sie hätten gerne geantwortet: „Ja, bitte geben Sie mir meine Gedanken zurück!" Stattdessen sagten sie verwirrt: „Nein, danke, ich schaue noch."

Die Dame wies daraufhin mit der Hand auf die Regale. „Bitte", sagte sie, „nehmen Sie sich so viel Zeit, wie Sie möchten." Dabei spielte ein unergründliches Lächeln auf ihren Lippen. „Der Herr dort drüben mit der Regenjacke würde jetzt zu dem Fach mit dem hellblauen Papier gehen, denn hellblau war die Lieblingsfarbe seiner Frau, und einen Bogen und den dazu passenden Briefumschlag wählen", dachte sie. „Heute Abend im Hotel würde er ihr schreiben, wie interessant und abwechslungsreich es in der großen Stadt sei, von den Sehenswürdigkeiten und der Konferenz berichten, beteuern wie sehr er sich auf zu Hause freue und es auch so meinen. Doch dann würde er den Stift beiseitelegen, nach dem kleinen, sorgfältig verpackten Päckchen greifen, in dem ein Fläschchen Parfüm war, das Zimmer verlassen, und die Frau treffen, die er immer traf, wenn er in der großen Stadt war und sich daran erinnern wollte, wie das Leben war, als er noch jung und frei und ungebunden war." In diesem Moment drehte sich der Herr in der Regenjacke um, kam mit einem hellblauen Blatt Briefpapier und dem dazu passenden Umschlag zu dem Ladentisch und bat um einen Bogen rotes Geschenkpapier. Die Dame strahlte. „Sehr gerne!" und griff hinter sich zu den Stangen, an denen das Geschenkpapier hing. Sie verpackte alles drei, kassierte und wünschte ihm einen schönen Tag. Er errötete leicht und dachte: „Wenn Sie wüsste, was ich mit dem Geschenkpapier vorhabe, würde sie mich nicht so angetan anstrahlen. Dann wäre ich plötzlich nicht mehr der nette Herr, der einkaufen geht für seine Familie." Und er schämte sich. Er wäre sehr verwirrt gewesen, wenn er gewusst hätte, dass es genau umgekehrt war.

Sie hatte eine Gabe. Jeder Kunde war für sie wie ein Blatt Papier, von dem sie nur abzulesen brauchte, was er dachte. Sie liebte es, hinter ihrem Tisch zu sitzen, eine Tasse Tee zu trinken, und die Menschen zu beobachten, die in ihren Laden kamen und gingen. Junge und alte Menschen, Menschen mit traurigem Blick und tiefen Sorgenfalten, schwungvolle Menschen, die angetrieben von etwas durch den Tag düsten, glühende Menschen, die ein Leuchten in den Laden brachten, angepasste und abhängige, freie und selbstbewusste Menschen. Sie fühlte mit ihnen mit, litt und freute sich mit ihnen und war immer gespannt darauf, wie sich die Dinge in ihrem Leben weiterentwickelten und hoffte, dass der eine oder andere bald einmal wieder bei ihr vorbeischauen würde. Aber nie würde sie es wagen, sie zu bewerten.

Sie glaubte an das Glück im Leben, und am liebsten war es ihr, wenn sie meinte, etwas davon in ihren Kunden zu erhaschen. Nichts fand sie so aufregend, wie die immer unterschiedliche Gestalt, die das Glück im Leben annahm und welche Wege es ging. Mal sah sie es aufblitzen in den Augen eines Kindes, das an der Hand seiner Mutter an den Regalen entlangging, als die Mutter ganz weich zu ihm sagte: „Du darfst Dir etwas aussuchen" und es dann nach einer Tierfigur aus Glas griff, die gleich neben den Teelichtern standen. Sie spürte, dass es nicht die Figur an sich war, die das Kind glücklich machte, sondern die Vorfreude auf den Abend zu Hause, den es mit dem kleinen Tier aus Glas umso mehr würde genießen können. Mal sah sie es in den Händen eines jungen Mädchens, das beseelt durch eines ihrer Notizbücher blätterte und sich ausmalte, was sie im nächsten Semester alles entdecken und dort notieren würde. Mal sah sie es in dem sicheren Schritt und den schönen Gesten einer jungen Frau, der die Welt zu Füßen lag. Und mal kam es zu ihr in Gestalt eines Mannes, an dessen Ruhe und Freundlichkeit sie merkte, dass er mit sich zufrieden war. Aber manchmal war es auch ein Kind, das traurig hinter seiner Mutter herlief, die verbittert über einen weiteren Schlag des Lebens mechanisch ihre Pflichten erledigte, und es nicht weiter beachtete, und ein alter Mann, in dessen Augen sie plötzlich das Glück aufblitzen sah, als er in Anbetracht des Kindes an seine Enkel dachte und ihm gut gelaunt zuzwinkerte. Oder sie sah es in den zärtlichen Gesten eines Jungen, der über das Haar seiner Freundin strich, die unschlüssig vor den Regalen stand, und der an all die schöne, gemeinsame Zeit dachte, die noch vor ihnen lag. Oder sie hörte es in der warmen, heiseren Stimme einer alten Frau, deren vielbeschäftigter Sohn sich einen Nachmittag lang Zeit für sie genommen hatte, ihr Briefpapier schenkte und dann liebevoll zu ihr sagte: „Und danach gehen wir noch ein Stück Kuchen essen."

Manchmal fieberte sie auch einfach mit und fragte sich, warum zum Beispiel das zerstrittene Paar, das gerade vor ihrem Tisch entlangging und gereizt schwieg, sich nicht sagte, wie es wirklich gewesen war bei dem Essen am Abend zuvor. Der Mann hatte in die Runde geworfen, wie sehr er Russland hasse, um seinem Freund beizustehen, der sich weigerte, seine Frau für mehrere Monate dorthin zu begleiten, und vergessen, dass seine Freundin ihm gerade einen Gutschein für ein Wochenende in St.Petersburg geschenkt hatte. Seine Freundin raunte daraufhin verletzt ihrer Nachbarin gerade laut genug zu, wie sehr sie die Abende zu zweit mit ihrem Freund inzwischen anöden würden und wie froh sie sei, heute einmal raus zu kommen. Festgebissen hatten sich beide an der bösen Unterstellung dem anderen gegenüber und sagten sich innerlich grimmig: „Ich habe es doch immer gewusst, dass er/sie nicht der Richtige/die Richtige für mich ist." Als das Paar zwei Bögen crèmefarbenes Briefpapier mit den dazu passenden Umschlägen und eine Teelichthülle auf den Ladentisch stellte, sagte sie beiläufig zu der Frau: „Er freut sich auf die Reise nach St.Petersburg." Diese zog die Stirn zusammen, musterte erst ungläubig die Dame, dann ihren Freund, der sofort die Chance ergriff und heftig nickte, und sagte dann: „Wirklich?" zu ihm und strahlte dabei schon. „Wirklich", antwortete er und gab ihr erleichtert einen Kuss. Da strich sie ihm über das Gesicht und sagte ganz weich und lieb: "Oh, das freut mich. In Wirklichkeit bin ich doch so gerne mit Dir allein!" und dann gab sie ihm auch einen Kuss. Nachdem sie gezahlt hatten, verließen sie Arm in Arm den Laden, und der Luftzug von der Tür wehte die Worte der Frau

„Woher wusste sie das?" zu der Dame hinüber, worauf der Mann entgegnete: „Ich weiß es nicht."

Das Unglück und die Melancholie, die Monotonie und die Gleichgültigkeit füllten die meisten Seiten, die sie so las, aber betrübt deswegen zu sein, kam ihr nicht in den Sinn, denn ein Blick auf das Glück trug sie über Tage hinweg. Und die ruhigen, dunklen, melancholischen Lieder umspülten alles wie Wasser, das stetig gegen eine Kaimauer plätschert und gluckst und gurgelt.

Eines Tages im Winter öffnete sich die Tür und ein Mädchen, vielleicht 13 Jahre alt, betrat unsicher das Geschäft. Es sah aus wie hineingeweht vom Wind. Kurzes, braunes Haar hing ihm wirr ins Gesicht, es hielt seine Jacke fest um sich gezogen und blickte sich verstört mit großen, dunklen Augen um. Seine Haut war gebräunt, so dass ihm eine Blässe ganz deutlich ins Gesicht geschrieben stand, so als ob jemand mit einem Löschstift darüber gefahren wäre. Immer wieder schaute es sich um, und wenn dabei zufällig sein Blick auf die Fensterscheibe fiel, in dem ein verschwommenes, farbloses Abbild seiner Selbst seine Bewegungen imitierte, schrak es so heftig zurück, als ob es dort nicht sich selber, sondern einen schrecklichen Feind gesehen hätte. Neugierig ließ die Dame ihren Blick auf dem Mädchen ruhen.

Nachdem das Mädchen sich fahrig in dem Geschäft umgesehen hatte, blickte es sehnsuchtsvoll zu einem Sofa, auf dem Kissen lagen, die zum Verkauf standen. Frau Weiß folgte ihrem Blick und sagte freundlich: „Setz Dich doch." Das Mädchen lächelte schwach und ging zu dem Sofa. „Danke", sagte es mit einer rauen und dunklen Stimme, die viel älter klang als sie war.

Als nach ein paar Minuten kein Kunde mehr außer dem Mädchen in dem Laden war, stand Frau Weiß auf und setzte sich neben sie. Das Mädchen blickte sie mit großen braunen Augen an und schwieg.

Frau Weiß zögerte kurz und fragte dann: „Geht es Dir nicht gut?". Denn wenn sie sich auf ein Gespräch mit jemandem einließ, verschwand ihre Gabe und sie konnte die Gedanken ihres Gegenübers nicht mehr lesen. Jedoch merkte sie, dass das Sofa seine Wirkung gezeigt hatte. Der Gesichtsausdruck des Mädchens hatte sich entspannt, und sie strahlte größere Sicherheit aus als noch vor ein paar Minuten. Dementsprechend zog sie nur einen Mundwinkel ein wenig zur Seite, wie um zu sagen, dass es halb so wild sei. „Ich möchte Sie nicht langweilen", sagte sie schließlich. „Ich wollte eigentlich nur Briefpapier kaufen." „Aber nein", sagte Frau Weiß. „Ich bin froh um ein wenig Abwechslung. Wie heißt Du denn?" „Marie" sagte das Mädchen, zögerte kurz und sagte dann: „Und Sie?" „Frau Weiß. Es gibt etwas, das Dich bedrückt, nicht wahr?". Marie holte tief Luft. „Ja. Aber ich schäme mich fast, davon zu sprechen. Es ist so kindisch…" „Aber nein", entgegnete Frau Weiß bestimmt und runzelte die Stirn. „Jedes Problem verdient es besprochen und gelöst zu werden. Kindisch ist es zu denken, dass es keine Probleme gebe." Marie presste die Lippen kurz aufeinander und nickte. „Ok", sagte sie dann. „Also Ich liebe es, eingeladen zu werden. Ein Mädchen aus meiner Klasse hat am Samstag Geburtstag. Sie heißt Sarah. Wir sind keine engen Freundinnen, aber sie setzt sich manchmal zu mir in der Pause, wenn ich allein bin und ihre Freundinnen ein Spiel spielen, das sie nicht mag. Wir unterhalten uns meistens über Bücher. Sie liest so gern wie ich, und wir erzählen uns Geschichten, die uns besonders gut gefallen haben. Ihre anderen Freundinnen aus der Klasse interessieren sich nur für Sport und Musik, und manchmal, wenn im Unterricht die Rede ist von einem Buch, das wir beide kennen, lächelt sie mich verstohlen an." Marie hielt kurz inne. Frau Weiß schaute sie erwartungsvoll an. „Achso", Marie lächelte flüchtig, und Frau Weiß spürte dieses Lächeln so flüchtig, wie man vielleicht den Flügelschlag einer Libelle am Arm spürt, die einen streift. „Ich habe den Faden verloren. Sie hat also am Samstag Geburtstag, und sie hat mich nicht eingeladen. Sie ist heute in der großen Pause umhergegangen und hat die Einladungen verteilt. Ich stand nicht weit entfernt von einer Gruppe von Mädchen, von denen jedes eine erhalten hat. Ich habe sehnsüchtig hinübergeschaut und Sarahs und mein Blick haben sich gekreuzt. Sie hat die Stirn gerunzelt, ihre Wangen haben sich leicht gerötet und dann hat sie schnell weggeschaut. Ich wurde im Verlauf der Pause immer trauriger, und als beim Klingeln klar war, dass ich keine Einladung bekommen würde, hätte ich fast geweint. Ich dachte, unsere Gespräche würden ihr etwas bedeuten. Und jetzt habe ich das Gefühl, sie war nur höflich zu mir oder hatte sogar Mitleid mit mir, weil ich nicht besonders beliebt bin."

Unsicher blickte sie Frau Weiß an. Diese wollte nicht so recht glauben, dass es tatsächlich so war. Sie fand, dass jetzt, da sie sich entspannt hatte, Marie ein Hauch von etwas umgebe, eine Aura wie ein dünner Umhang, den man ihr übergeworfen hatte. Und Mitleid war es nicht. „Vielleicht hat es einen ganz anderen Grund, warum Du keine Einladung bekommen hast?", sagte sie aufmunternd. „Und welchen, bitte?" Marie klang müde. Die Entspannung wich langsam einer Traurigkeit. Ihre Augen waren verschleiert, und sie drückte sich ein Kissen fest gegen den Bauch. „Ich hasse es, ausgeschlossen zu werden", fügte sie bitter hinzu. Frau Weiß seufzte. „Ich möchte doch nur sagen, dass man sich manchmal irrt bei der Einschätzung der Menschen. Hast Du Lust, ein kleines Spiel mit mir zu spielen?" Marie lächelte zaghaft. „Mmmmhhh." „Bleib hier auf dem Sofa bis zum Ladenschluss sitzen und beobachte die Kunden. Überlege Dir, was sie so denken. Später erzählst Du mir dann davon. Ich habe…", sie zögerte. „Ich habe so ein Gespür dafür, was die Menschen denken. Wir werden unsere Beobachtungen vergleichen, und vielleicht kann ich Dir ja zeigen, was ich meine." Marie nickte. „Einverstanden." Frau Weiß lächelte sie an und ging dann zurück zu der Ladentheke, auf der die Kasse stand.

Marie kuschelte sich tief in das Sofa und beobachtete die Ladentür. Es dauerte nicht lang, bis die Türglocke schellte und ein Mann mittleren Alters in einem Anzug das Geschäft betrat. Der Anzug glänzte leicht, so als ob er schon viel getragen worden sei. Sein Haar war schütter und grau an den Schläfen. Er hatte keine Tasche dabei, sondern nur ein Portemonnaie. Frau Weiß dachte: „Er arbeitet bestimmt in der Bank nebenan." Er steuerte auf das Regal mit den Grußkarten zu, nahm eine nach der anderen heraus, schaute sie an, drehte sich um und entschied sich schließlich für eine weiße Karte, auf die eine Geburtstagstorte mit Kerzen gezeichnet war. Darunter stand in bunten Buchstaben: „Happy Birthday!" Auf dem Weg zur Kasse schweifte sein Blick durch das Geschäft, und er erblickte Marie auf dem Sofa. Er runzelte die Stirn und blieb kurz stehen. Dann wandte er sich abrupt ab und schloss die Augen, wie um ein Bild zu verdrängen, und ging die letzten Meter bis zum Ladentisch. Frau Weiß gab vor, mit der Buchhaltung beschäftigt zu sein. Ein Blick hatte ihr genügt, um die Schrift über seinem Kopf, die nur für sie sichtbar war, lesen zu können. Marie hatte ihn dagegen unverhohlen angeschaut. Genau wie Frau Weiß tippte sie darauf, dass er in einem großen Büro arbeitete, womöglich in der Bank, an der sie auf dem Weg zu der Papeterie vorbeigekommen war. Sein Anzug sah zwar abgewetzt aus, aber er wirkte sehr auf Ordnung bedacht. „Er findet es bestimmt unmöglich, dass ich auf dem Sofa sitze inmitten all der Kissen, die zum Verkauf stehen. Er mag es sicher nicht, wenn irgendetwas aus dem Rahmen fällt. Alles gehört an seinen Platz", dachte sie und verzog leicht den Mund. Sie sah nicht, dass der Mann sie weiter aus den Augenwinkeln beobachtete, während er bezahlte und seine Augenlider kurz irritiert flatterten, als er ihre leicht verächtliche Miene sah. „Er hat sich abgewandt", überlegte Marie derweil, „weil er sich nicht weiter darüber aufregen will. Dafür ist ihm seine Mittagspause zu kurz." Nachdem er bezahlt hatte, verließ der Mann mit gesenktem Kopf das Geschäft. Es sah fast so aus, als ob er sich beherrschen müsste, nicht noch einmal hinüberzuschauen. Als die Tür ins Schloss fiel, suchte Marie den Blickkontakt zu Frau Weiß. Diese nickte ihr bekräftigend zu und sagte nur: „Merke Dir, was Du gedacht hast."

Da ging die Türklingel von Neuem, und ein junges Mädchen betrat das Geschäft. Es war etwas älter als Marie, ca. 17 Jahre alt. Sie hatte glattes, blondes Haar, ein hübsches, sehr ebenmäßiges Gesicht und leuchtend grüne Augen. Sie trug einen schwingenden, luftigen Rock, eine glänzende Bluse dazu und an den Füßen Sandalen. Marie blickte sie erwartungsvoll an. Da wandte das Mädchen unwillkürlich den Kopf ab und schüttelte ihr langes Haar. Dann seufzte sie und blieb lange vor einem Regal mit Stiften stehen, mit dem Rücken zu Marie. Nachdem sie schließlich einen Stift ausgewählt hatte, ging sie schnell zur Kasse und holte hastig ihr Portemonnaie aus der Tasche. Frau Weiß nannte ihr den Preis. Marie war dem Mädchen währenddessen mit den Augen gefolgt. Diese spürte den Blick auf sich ruhen und verzählte sich beim Herausholen des Geldes. „2,- € fehlen noch", sagte Frau Weiß. Das Mädchen kramte die 2,- € hervor und zog dann die Haare hinter ihrem Ohr nach vorne, wie um ihr Gesicht zu verhängen, und verließ dann eilig das Geschäft. Marie seufzte und dachte: „Sie weiß, wie hübsch sie ist und möchte nicht beneidet werden. Vielleicht befürchtete sie, dass man ihr ihre Schönheit nicht gönnt? Aber so bin ich doch gar nicht. Ich möchte doch nur ein bisschen Anschluss haben…" Sie blickte an sicher herunter und fügte in Gedanken hinzu: „Wahrscheinlich bin ich ihr zu hässlich und zu schäbig." Und dann schaute sie sehnsüchtig und ein bisschen vorwurfsvoll dem Mädchen hinterher. Frau Weiß lächelte hinter der Ladentheke. Sie freute sich schon auf den Abend und auf das Gespräch mit Marie. Aber ihr blieb nicht lange Zeit, um darüber nachzudenken, denn kurz darauf betrat eine ältere Dame, in etwas im Alter von Frau Weiß, den Laden. Sie strahlte, als sie Frau Weiß sah, und lief schnurstracks auf sie zu. Marie streifte sie dabei nur mit einem flüchtigen Blick. „Meine Liebe! Ich freue mich so, Dich mal wieder zu sehen!", rief sie aus. Frau Weiß lächelte und nahm sie in den Arm. Marie holte derweil erleichtert tief Luft. Diese Kundin sah in ihr nur eine andere Kundin, die sich kurz auf dem Sofa ausruhen möchte. Gleichzeitig wunderte sie sich aber, dass Frau Weiß ein verärgertes Zucken um die Mundwinkel hatte, als sie sich von ihrer Bekannten wieder löste. Diese ging daraufhin zu der Wand, an der die Bögen von Geschenkpapier über hölzernen Stäben hingen, und wählte einen großen Bogen mit Blumen aus, bezahlte und ging – nicht ohne vorher noch einmal überschwenglich gesagt zu haben, wie sehr es sie gefreut hätte, Frau Weiß einmal wieder zu sehen.

Es dauerte nicht mehr lange, dann war es 18:00 Uhr. Frau Weiß holte einen Schlüssel aus der Schublade ihres Ladentisches und schloss die Tür ab. Dann drehte sie sich um, strahlte Marie an und setzte sich neben sie auf das Sofa und fragte: „ Und, bist Du gespannt auf das, was ich beobachtet habe?" „Na klar", antwortete diese und lächelte. „Zuerst Du.

Was ging Deiner Meinung nach in dem Mann im Anzug so vor?" Marie überlegte kurz und berichtete dann, dass sie der Meinung sei, dass es ihn gestört hätte, dass sie als Kundin mitten in den Auslagen saß und für Unordnung gesorgt hat. „Aha", sagte Frau Weiß und schmunzelte. Dann zog sie einen Zettel aus der Hosentasche, auf dem sie sich ein paar Notizen gemacht hatte, blickte kurz darauf und trug dann mit tiefer, männlicher Stimme vor: „Wie nett, ihre Tochter leistet der Ladeninhaberin ein wenig Gesellschaft! Es ist toll, wenn sich Kinder für den Beruf ihrer Eltern interessieren. Seltsam, sie sieht ihrer Mutter überhaupt nicht ähnlich..." Sie runzelte die Stirn. „Mein Sohn war noch nie bei mir in der Bank. Ich sehe ihn so selten. Es ist ihm völlig egal, was ich den ganzen Tag lang so mache." Sie schloss die Augen und wandte sich kurz ab. „Ich hoffe, ihm gefällt wenigstens die Geburtstagskarte, die ich ihm ausgesucht habe. Es ist so ein schönes Geschäft!"

„Oh", murmelte Marie kleinlaut. „Er wirkte so abfällig!" „Nein", entgegnete Frau Weiß. „Er war traurig. Manche Menschen wirken dann distanziert. Das tut weniger weh, als wenn man sich so fallen lässt in das Gefühl." „Ja, das stimmt", pflichtete Marie ihr bei. Die beiden schwiegen kurz. Dann fuhr Frau Weiß fort: „Was hast Du über das blonde Mädchen gedacht?" „Naja, dass sie genau weiß, wie hübsch sie ist, und dann es nicht mag, von Mädchen beobachtet zu werden, weil sie es hasst, beneidet zu werden. Vielleicht befürchtet sie, dass man ihr Karma ruiniert." Da riss Frau Weiß die Augen weit auf: „Du hast ja düstere Gedanken! Ich bin mir sicher, dass sie sich sehr freut, wenn jemand sie hübsch findet. Sie hat ein ganz anderes Problem. Hör mir gut zu!" Sie blickte wieder auf ihren Zettel und sprach dann mit sehr heller Stimme: „Oh je, sie hat mich durchschaut. Wie sie mich anschaut! Und diese schönen Augen! Doch sie wird kaum 15 sein. Viel zu jung für mich." Frau Weiß schüttelte den Kopf und wandte sich kurz ab. „Warum dreht sie sich nicht weg? Sie schaut mich ja schon wieder an. Doch ich darf sie nicht ansprechen! Sie ist doch ein Kind! Manchmal hasse ich mich. Warum kann ich bloß keine Männer lieben?" Dieses Mal riss Marie weit die Augen auf. „Darauf wäre ich nie gekommen!", rief sie aus. „Siehst Du", sagte Frau Weiß und schmunzelte wieder. „Jetzt kommen wir der Sache doch näher. Ein letztes Beispiel. Was denkst Du über die ältere Dame, die mich begrüßt hat?" Da musste Marie keine Sekunde überlegen. „Bei ihr war ich erleichtert. Sie hat sich kein bisschen für mich interessiert und fand es völlig ok, dass ich mich als Kundin kurz auf dem Sofa ausruhe. „Oh je", entfuhr es Frau Weiß fast mitleidvoll. Dann rieb sie sich die Hände. „Nein, ganz im Gegenteil. Sie kennt Dich und Du hast tatsächlich Glück gehabt, aber gerade weil sie Dich erkannt hat und sich ihren Teil gedacht hat. Denn jetzt kann ich Deine Frage beantworten. Sie ist nämlich die Tante Deiner Schulfreundin Sarah. Vorhin als Du mir von Deinem Schultag erzählt hast, habe ich mich kurz erinnert, dass mir schon oft von einem Mädchen namens Sarah erzählt worden ist, aber ich habe dem keine Bedeutung beigemessen, denn es gibt ja so viele Mädchen, die so heißen. Erst als ihre Tante den Laden betrat, wusste ich wieder, wer mir von dieser Sarah erzählt hatte, nämlich sie. Sie kennt Dich von Fotos, und ihr Nichte hat ihr schon einmal erzählt, dass Du so empfindlich bist und Dich manchmal bitterlich beklagst, wie Du behandelt wirst, und dass man sich dann so schuldig fühlt." Frau Weiß blickte wieder auf den Zettel, warf ihren Schal mit schwungvoller Geste nach hinten und sagte dann theatralisch: „Da ist sie ja, die kleine Prinzessin auf der Erbse! Wenn man vom Teufel spricht! Sarah hat heute Mittag bei mir gegessen und geweint, weil sie genau weiß, was Marie jetzt über sie denkt. Sie hatte ihre Einladung doch nur vergessen. Sie hatte sie zuletzt geschrieben, weil sie besorgt war, dass sie keinen Spaß an der Feier haben würde, weil ihre anderen Freundinnen eine eingeschworene Clique sind und sie selbst vielleicht keine Zeit haben würde, sich mit ihr zu unterhalten. Sie hat ihre Enttäuschung in der Schule gesehen und war sich dann zu fein, ihr zu erklären, dass die Einladung zu Hause liegt. Sie hat sich gedacht, wenn Marie sie wirklich mögen würde, dann hätte sie einfach gefragt, wo ihre Einladung bleibt. Das sei doch selbstverständlich." „Oh", sagte Marie wieder und schlug selbstbewusst die Augen nieder. Frau Weiß streichelte ihr über den Rücken. „Naja, ich kann Dich verstehen, aber ich glaube, Sarah könnte wirklich Deine Freundin werden." „Danke", sagte Marie und nickte kräftig. „Jetzt freue ich mich schon auf morgen!"

Aals Frau Weiß nun aufstand und zurück zu ihrer Ladentheke ging, sah sie plötzlich das Glück dieses Mädchens: Es lag darin, anders zu sein und so auch wahrgenommen zu werden. Es umgab sie wie ein zarter Umhang und ließ einen vorsichtig und neugierig werden. Dem stand nur Maries irrtümliche Vermutung entgegen, nicht angenommen zu werden. Deshalb sagte sie noch: „Halt ihn fest, Deinen Umhang! Und glaube daran!" Und Marie verstand und nickte noch einmal.

Als Frau Weiß kurz darauf die Tür des Ladens wieder aufschloss und sie gemeinsam das Geschäft verließen, sang die warme und dunkle Stimme im Hintergrund noch immer ihre melancholischen Lieder, die alles umspülten wie Wasser, das gegen eine Kaimauer schwappt und gluckst und gurgelt, und ein Windhauch zog durch den Raum, der die Blätter rascheln und auf- und abtanzen ließ wie ein Federkleid. „Wer bin ich?", dachte Frau Weiß für einen Moment. Marie sagte: „Ein verzaubertes Wesen, das man um Hilfe bitten kann", und dann lächelten sie einander an.

Der Blick aus dem Fenster

Der Morgennebel löste sich langsam auf und enthüllte die Skyline der Bankgebäude mit ihren gläsernen Fronten und Türmen aus schwarzem Stein, der glänzte wie Marmor. Kobaltblau blitzten die Fensterscheiben in den ersten Strahlen der Morgensonne, und wie beeindruckt von der Pracht war der Himmel direkt über den Hochhäusern ganz blass, fast weiß und wagte erst weiter oben, sich in mildem Hellblau am Horizont auszubreiten.

Frau Fischer seufzte, wandte sich ab von dem Panoramafenster ihres Büros im 10.Stock der Investmentbank in Frankfurt und schaltete ihren Computer an. Sie hatte ihre blonden Haare zu einem Pferdeschwanz gebunden, nach dem sie ständig griff, eine Strähne heraus zupfte und um ihren Finger wickelte. Die vertrauten Begrüßungstöne des Geräts ließen sie weiter in ihrem Bürosessel zurücksinken und ihren Blick auf den Bildschirm richten. Im Kopf ging sie die Schreiben durch, die sie an diesem Tag aufsetzen musste. Ihre Kollegin Frau Müller würde erst am Nachmittag kommen, und damit lastete die ganze Arbeit des Sekretariats auf ihr. Sie seufzte erneut und dachte kurz an den kommenden Abend, an das Raclette Essen mit ihren beiden besten Freundinnen.

Sie freute sich sehr darauf, alle Zutaten hatte sie am Vorabend in die Schälchen gefüllt, ein bisschen genascht und die Küche mit Kerzen dekoriert. Sie würde die neue dunkelblaue Bluse aus Spitze zu einem schlichten, blauen Wollrock und schwarzen Ballerinas tragen, und sie war schon ganz aufgeregt bei dem Gedanken daran zu erfahren, was die beiden in ihrem Urlaub erlebt hatten, von dem sie letzte Woche zurückgekehrt waren. Und besonders gerne mochte Frau Fischer es, wenn ihre Freundinnen anfingen, darüber zu fabulieren, wie sie sich ihre, also Frau Fischers Zukunft vorstellten, z.B. welcher Mann zu ihr passen könnte und was sich alles in ihrem Leben verändern würde. Sie war sich ganz sicher, dass es ein schöner Abend werden würde, leicht und beschwingt.

Ihre Hand zuckte zu der Schreibtischschublade, in der sie den roten Nagellack vermutete. In diesem Moment öffnete sich die Tür zu dem Zimmer ihres Chefs, und er trat heraus. „So, ich sehe, Sie sind auch schon da", sagte er ein wenig spöttisch. Frau Fischer schob schmollend die Oberlippe vor und dachte insgeheim: „Wenn er nicht jeden Tag schon um 5 Uhr aufstehen würde, dann hätte er vielleicht einen besseren Teint." Laut sagte sie: „Die beiden Schreiben an die Baufirma

Janowski werden in einer halben Stunde fertig sein. Ich bringe Ihnen dann die Mappe zur Unterschrift herein." Er nickte kurz und wandte sich wieder zum Gehen, doch dann hielt er kurz inne mit dem Rücken zu ihr und zögerte, in sein Büro zurückzukehren. Sie betrachtete ihn und dachte, dass er eigentlich ein schön gebauter Mann sei mit breiten Schultern und einem schlanken, aber kräftigen Körper. Wenn sie ihn nicht schon als Herrn Winter kennen würde, der von morgens bis abends an seine Arbeit dachte und immer nur einen flüchtigen Blick für die Menschen in seiner Umgebung, zumindest in diesem Bürohaus, übrig hatte, dann hätte sie jetzt das Bedürfnis verspürt, ihn anzusprechen und dazu zu bewegen, sich zu ihr umzudrehen. Und genau dies tat er in jenem Moment und blickte sie nachdenklich an. Seine dunklen Augen glänzten, etwas musste ihn berührt haben, vielleicht ihre rosigen Wangen, die ihre Vorfreude auf den Abend verrieten. Dieser Glanz in seinen Augen lenkte ab von seiner fahlen Gesichtsfarbe und dem seltsam unnatürlichen Rot seiner Lippen. „Sie sehen so gutgelaunt aus", sagte er. „Stört es Sie denn nie, dass Sie immer nur für mich arbeiten, Aufgaben erledigen, aber nie einen eigenständigen Erfolg haben, nie eigene Ideen verwirklichen können?" Frau Fischer runzelte die Stirn. Sie fühlte sich ein wenig angegriffen und dachte, dass eine ganz andere Aussage viel besser gepasst hätte zu dem Glanz in seinen Augen. Mit belegter Stimme antwortete sie: „Ich bin ganz zufrieden mit meinem Job. Ich bin gerne angestellt, und ich glaube, ich hätte Angst vor all der Verantwortung, die Sie zu tragen haben." Sie war blass geworden, und er biss sich schuldbewusst auf die Unterlippe. Er hatte sie nicht deprimieren wollen. „Ich kann mir gar nicht vorstellen, morgens ins Büro zu kommen, ohne ein großes Ziel vor mir zu haben, das ich bis zum Abend erreichen möchte, und ohne das Erfolgserlebnis nach Hause zu gehen, alles geschafft, meine Position verbessert und mein Einkommen vergrößert zu haben", fügte er hinzu. „Sie arbeiten auch den ganzen Tag, aber ich stelle mir vor, dass die einzige Freude daran ihr sicheres, kleines Einkommen ist, das sich nie ändert, egal, wie viel Mühe Sie sich geben." Er blickte sie dabei so bittend an, dass sie den Eindruck hatte, dass ihn diese Frage wirklich beschäftigte und ihm nicht daran lag, sie zu degradieren. „Ich habe keine Sehnsucht nach Ihrer Position", antwortete sie langsam und überlegte dabei, wie sie ausdrücken konnte, was sie zum Thema Berufsleben empfand. „Ich glaube, ich bin nie in die Versuchung geraten, mich für beruflichen Erfolg zu interessieren, da ich schon in der Schule nur mittelmäßig war und nie ermutigt wurde, eine große Karriere anzustreben. Aber ich vermisse auch nichts. Für mich ist Arbeit Arbeit, etwas Anstrengendes aber Notwendiges. Und ich freue mich jeden Abend, alles erledigt zu haben und dann den Feierabend genießen zu dürfen. Ich mag mein Leben außerhalb des Büros. Und ich empfinde es als eine Form der Freiheit, innerlich nicht abhängig davon zu sein, was während des Arbeitstages passiert. Ich nehme alles so hin und fühle mich aber immer ein bisschen unbeteiligt." So lange hatte sie noch nie zu ihm gesprochen, und er war verwundert, wie gut es ihm tat, ihr zuzuhören. Er fühlte sich plötzlich so entspannt, als ob er teilhaben durfte an ihrer Entspannung. Um diese Uhrzeit war er normalerweise schon richtig in Bewegung, und jetzt wurde ihm plötzlich flau im Magen, als er an die Stapel von Akten dachte, die auf seinem Schreibtisch auf ihn warteten, und an all die Entscheidungen, die er heute noch zu fällen hatte. Er verspürte den Wunsch, sich zu ihr zu setzen, vielleicht eine Tasse Kaffee zu trinken und ein bisschen weiter mit ihr zu plaudern. Und gleichzeitig überkam ihn eine große Müdigkeit, da er wusste, dass dies unmöglich war und er sich einfach nicht so die Blöße geben konnte. Die Sonne stand jetzt schon fast hoch am Himmel, und die Sonnenstrahlen, die blitzend von den Fenstern der gegenüberliegenden Bankgebäude reflektiert wurden, blendeten ihn. Er fand die Helligkeit aggressiv und fühlte sich noch schwächer. Und so gefangen.

Frau Fischer beobachtete ihn aufmerksam. Sie war plötzlich ganz aufgekratzt von dem Schauspiel vor ihren Augen. Herr Winter hatte noch nie ihr gegenüber etwas von sich preisgegeben. Und jetzt stand er da vor ihr und sah so verletzlich, so ungeschützt aus, und sie konnte Erschöpfung und Zweifel in seiner Miene lesen. Es war so, als ob sich auf einmal etwas von ihrem Leben hier ereignen würde. Sie wollte ihn gerne aufmuntern und das Gespräch fortführen. „Was würde denn geschehen, wenn Sie entlassen werden würden und plötzlich z.B. in der Eingangshalle als Portier arbeiten müssten?", fragte sie ihn mutig. Sein Blick hellte sich auf, die Antwort war für ihn eindeutig: „Das wäre furchtbar! Das würde mir überhaupt keinen Spaß machen. Ich würde mich ganz unerfüllt und minderwertig fühlen." Bei dem letzten Wort errötete er, schon wieder hatte er sie beleidigt. Großzügig sah sie darüber hinweg, jetzt war sie viel zu neugierig, die Antwort auf ihre nächste Frage zu erfahren. „Aber würde es auch Ihr privates Leben beeinträchtigen? Ich meine, wäre nicht am Abend alles so wie bisher?" Ihm fröstelte bei dem Gedanken daran. „Nein, schlimmer", antwortete er ernst. „Da ich dieses Gespräch begonnen habe, möchte ich offen sein zu Ihnen. Ich bin einsam, und meine Abende sind eintönig und leer. Und wenn es nicht mehr den Morgen als Banker gäbe, auf ich mich freuen könnte, dann würde die Traurigkeit mich packen und gar nicht mehr loslassen." Ein wenig betroffen lehnte Frau Fischer sich zurück in ihrem Bürosessel und schlang die Arme umeinander. „Aber das kann sich doch ändern", wandte sie ein. „Dank Ihres jetzigen Berufs bemühen Sie sich doch vielleicht gar nicht, es zu ändern." Herr Winter wollte antworten, dass dies stimme, da er ein aufregendes Berufsleben als gleichwertig gegenüber einem schönen Privatleben empfinde. Aber angesichts der netten Unterhaltung mit seiner Sekretärin schämte er sich plötzlich, solchen Gefallen zu finden an hohen Provisionen und guten Abschlüssen. Und mehr noch, als dass er sich schämte, fühlte er sich arm, schrecklich arm.

Er trat ans Fenster und blickte auf die hohen Bankgebäude. So stark und groß und mächtig standen sie dort und so glücksverheißend blau funkelten ihre gläsernen Fronten, und stark und groß und mächtig und manchmal funkelnd war auch das, was sie den Menschen schenken konnten, die in ihnen arbeiteten und herrschten. Es war so leicht, dazu „ja" zu sagen, so euphorisierend, etwas anzustreben, was überall als begehrenswert beschrieben wurde. Aber im Innern war das, was sie gaben, stählern, gläsern und hart und ohne Überraschungen, immer das Gleiche, ein Kreislauf aus nicht hinterfragten Notwendigkeiten. Da legte er den Kopf in den Nacken und blickte hinauf in den hellblauen Himmel, der sich in so unendlicher Ruhe am Horizont ausbreitete, während Frau Fischer ihm verwundert zuschaute. Und er dachte: „Wenn ich die Wahl hätte zwischen der vergänglichen Macht der Banken und der ewigen, sanften Milde des Himmels, wie viel besser wäre es doch, den Himmel zu wählen..."

Die Mauer

Warme Sommersonne fiel durch die halb geöffneten Vorhänge auf das Bett, auf dem Lucy lag mit dem Kopf gegen die weiß gesteppte Rückwand gelehnt und einen Brief las. Vor dem Fenster stand ein Apfelbaum und streckte seine Zweige nach ihr aus. Die Wärme streichelte ihre Wange, und die gedruckten Worte auf dem Blatt machten sich auf den unsichtbaren Weg zu ihr. Ein Buchstabe nach dem anderen, der bei ihr ankam, ließ sie erst verwundert den Mund zur Seite ziehen, die Stirn ein wenig runzeln und dann ganz still halten mit einem Lächeln auf den Lippen, um den Moment zu genießen. Ein süßes Glücksgefühl breitete sich in ihr aus. Sie richtete sich ein wenig auf und hielt das Gesicht ganz in die Sonne.

Die Wärme trocknete ganz langsam all die Tränen, die sie in der letzten Woche vergossen hatte und die eine müde Feuchtigkeit in ihr hinterlassen hatten, und die Niedergeschlagenheit fiel von ihr ab wie eine überstandene Krankheit.

„Modedesign in London! Sie würde an dieser berühmten Schule Modedesign studieren dürfen!" Am liebsten hätte sie gequietscht vor Freude und wäre auf dem Bett auf und ab gehüpft! Eigentlich hatte sie die Bewerbung schon wieder ganz vergessen, und nach dem Desaster bei dem Schulball wollte sie an gar nichts anderes mehr denken als an ihr Pech, doch jetzt fiel ihr wieder die Mappe ein, die sie im vergangenen Winter angefertigt hatte. Sie spürte wieder die raue Oberfläche des Ingrespapiers unter ihren Fingern, sah die Palette von Pastellkreiden und Buntstiften vor sich und die schlanken Silhouetten gehüllt in zarte Kleider, die unter ihren vorsichtigen Strichen Gestalt annahmen. Ihr war die Farbigkeit der Stoffe sehr wichtig. Sie verstand nicht, warum manche Designer gesamte Kollektionen in Schwarz-, Braun-, Beige-, Weiß- und Grautönen herausbrachten. Sie fand, in jedes Kleid war das Versprechen eingewebt, in ihm genau das erleben zu können, wofür es stand. Es wäre doch traurig, immer nur Dinge zu erleben, die zu einer grauen Hose passten!

Sie hatte schon als Kind ihren Puppen Kleider genäht und dazu passende Ketten aus Glasperlen gebastelt. Später las sie Theaterstücke und entwarf Kostüme für die Figuren und sammelte die Programmhefte von Theateraufführungen und Balletten, in denen Kostümzeichnungen abgebildet waren und der Kostümbildner seine Entwürfe erklärte. Heute durchblätterte sie Stunde um Stunde Modemagazine und schnitt Abbildungen von Kleidern aus, die ihr gefielen, um sich davon inspirieren zu lassen.

Sie blickte hinüber zu dem hellrosa Bücherregal, in dem all ihre Bücher zum Thema Mode, die weiße Pappschachtel mit den Kreiden, Stiften und dem Tuschkasten und die Alben standen, in die sorgfältig all ihre Zeichnungen einsortiert hatte. Sie empfand ein wohliges Gefühl von Zufriedenheit. Gleichzeitig klopfte ihr Herz noch vor Aufregung, und es schien ihr, als ob das Regal zu einer Tür werden würde, hinter der eine neue Welt, eine andere Welt als die, die sie bisher gekannt hatte, lag, denn sie würde eine andere sein. Wie wunderbar es war, dass sie nun bald für immer etwas würde machen dürfen, das ihr so viel Freude bereitete! Sie spürte ganz genau, dass dieses Gefühl des zum Leben erweckt Seins, zu ihrem Leben erweckt Seins, das sie in diesem Moment empfand, bei ihr bleiben und sie so lange begleiten würde, wie sie ihren Neigungen treu blieb.

Doch als der Apfelbaum die ersten Schatten in das Zimmer war und das Fenster ein dunkles Viereck an die Wand zeichnete, war es, als ob sie darin zurückblickte in die Vergangenheit, und die dunklen Gedanken der letzten Tage kehrten zu ihr zurück. Sie säten Sorge und Angst, und mit Grauen dachte sie ein letztes Mal an den Jahresabschlussball. Er hatte in der Turnhalle der Schule stattgefunden, der Boden war mit Teppichboden und die Wände mit Girlanden geschmückt worden. Im Grunde genommen war es eine ziemlich erbärmliche Veranstaltung gewesen, vor allem für eine englische Schule, in der so viel Wert auf das schulische Rahmenprogramm gelegt wurde. Dennoch hatte Lucy sich darauf gefreut und das einzige enge, schwarze Kleid angezogen, das sie besaß, die Augen mit Kajal umrundet, die Wimpern getuscht, ein wenig Rouge aufgelegt und die Lippen rosarot geschminkt. Sie wusste, Tom würde da sein. Das ganze Schuljahr verbrachten die Mädchen damit, über Jungen zu sprechen. Lucy fand dies meistens beklemmend, und selbst wenn sie nur zuhörte, fühlte sie sich bald unwohl und verloren. Sie schämte sich dafür, keine großen Gefühle für die Jungen in ihrer Klasse noch sonst für einen, den sie kannte, zu hegen. Sie kam sich kalt vor und unweiblich und war immer froh, wenn das Gespräch auf ein anderes Thema gelenkt wurde. Doch das geschah selten.

Aber sie wollte in den Pausen auch nicht allein sein und suchte immer wieder die Nähe der anderen Mädchen. Sie waren Freundinnen, und das tröstete sie über ihre Unzufriedenheit hinweg. Im letzten Schuljahr war sie richtig stolz gewesen, als sie endlich einen Jungen entdeckt hatte, der ihr zumindest äußerlich gefiel. Er hieß Tom und war ein Jahr älter als sie, also 18. Er blickte sie immer freundliche an mit seinen großen, braunen Augen, wenn sie ihm auf dem Gang begegnete, und sie verspürte immer ein kindliches Bedürfnis, ihm den Weg zu versperren, hallo und etwas Freches zu sagen. Denn sein Blick verhieß, dass er noch wärmer und glühender werden würde wenn herausgefordert. Und so konnte sie bei einem der unzähligen Gespräche über das immer gleiche Thema ihren Freundinnen eröffnen, dass es jemanden gäbe, der ihr gefiel. Alle freuten sich und ermunterten sie dazu, ihn anzusprechen und brachten zum Ausdruck, dass sie keinen Zweifel daran hätten, dass sie ihm auch gefallen würde. Ihre Freundin Ashley wurde sogar nicht müde zu betonen, wie gut sie zueinander passen würden. Doch sie traute sich nicht und eigentlich, ganz genau genommen, war es ihr auch egal. Aber sie konnte nicht umhin, sich zu bemühen, immer und immer wieder seinen freundlichen Blick auf dem Gang einzufangen und fühlte sich beinahe schon abweisend ihm gegenüber. Und so dachte sie, dass sie zumindest aus Höflichkeit zu dem Ball gehen müsse.

Wider Erwarten klopfte ihr Herz, als sie ihn dort sah, sehr sogar, und sie fühlte eine tiefe, warme Sehnsucht im Herzen, ihm nahe zu sein. Gleichzeitig freute sie sich, dass sie einander schon bekannt waren, und vermutete, dass er bald hinüberkommen würde zu der Gruppe von Mädchen, bei der sie neben einem der Tische, auf denen das Büffet aufgebaut war, stand. Und tatsächlich dauerte es nicht lange, bis er zu ihnen geschlendert kam. Schon von weitem sah sie seine freundlichen Augen und ihr wurde noch wärmer ums Herz. Doch anstatt zu ihr zu gehen, sprach er eine ihrer Freundinnen an und plauderte mit ihr über die Party und fragte sie, welche Gäste noch zu erwarten seien.

Ashley, die neben Lucy stand, und die Szene beobachtet hatte, flüsterte ihr zu: „Nun tu doch etwas! Er wartet doch nur darauf." So griff Lucy mutig nach seinem Ärmel und sagte zaghaft: „Hallo." Genau, wie sie es sich manchmal vorgestellt hatte. Und er drehte sich um, und sie bebte voller Vorfreude und glühte ganz verliebt nur für ihn. In dem Moment, in dem er sie erblickte, erlosch das Leuchten in seinen Augen. Er zog die Stirn zusammen und richtig verärgert fragte er sie: „Was ist denn? Kennen wir uns?" In diesen zwei Sätzen lag so viel Abneigung, so viel Kühle, dass sie das Gefühl hatte, er würde auf den Grund ihrer Seele schauen und das Urteil sei vernichtend. Verstört stammelte sie: „Nein, Entschuldigung." Und er drehte sich eilig wieder weg. Ashley blickte sie mitleidig an und wollte den Arm um sie legen, doch Lucy schüttelte sie unwirsch ab. Seine freundlichen Blicke hatten gar nicht ihr gegolten! War sie denn ein Geist? Und noch schlimmer als das, er hegte irgendeine schreckliche Meinung über sie, obwohl er sie gar nicht näher kannte. Denn in seinem kalten Blick und den unfreundlichen Worten hatte mehr gelegen als das Genervtsein durch ein lästiges, unbekanntes Mädchen. Verachtung schwang mit und die Gewissheit absoluter Überlegenheit. Er hätte auch sagen können: „Wie kannst DU es nur wagen, MICH anzusprechen?"

Zutiefst erschüttert, blamiert und entlarvt als wertloses Nichts ohne zu wissen warum, löste sich Lucy grußlos von der Gruppe und lief nach Hause.

Es war nun schon fast dunkel in ihrem Zimmer, und ein wenig zittrig kletterte sie von ihrem Bett herunter. Ihr fröstelte und ihre Freude über den Brief war nur noch ein entferntes Glimmen. Sie ging schnell hinaus und schloss die Tür, um zum

Essen zu ihren Eltern nach unten zu gehen. Für ein paar friedliche Stunden am Abend wollte sie die Last der Erinnerung und das berauschende Glück hinter sich lassen und einfach nur da sein.

In dieser Nacht träumte sie, sie stünde am Rande ihres Ortes und anstatt zu sich nach Hause zu laufen, streckte sie die Arme aus, bewegte sich auf und nieder wie einen Flügelschlag und erhob sich dann ganz leicht und wie selbstverständlich in die Lüfte, immer höher und höher, bis sie hinabschauen konnte auf die Häuser und Hügel. Und dann flog sie über das Land, schlug auf und ab mit ihren Armen, schwebte und war frei und genoss es sehr.

Die Ferienwochen vergingen schnell, und am Tag vor dem Beginn ihres letzten Schuljahres saß Lucy wieder auf ihrem Bett und spielte nervös mit einem Faden. Sie hatte gerade einen Rock genäht und war zufrieden damit, aber seitdem sie damit fertig war, dachte sie besorgt an den kommenden Tag. Vor dem Fenster blühte der Apfelbaum, und die zarten, weißen Blüten ließen sie an die kleinen Momente der Freude denken, die im Laufe des Sommers immer wieder ihre Tage versüßt hatten. Doch geschunden vom stetig wechselnden Wetter wie die Borke war ihre Seele.

Warum musste es bloß noch so lange dauern, bis sie nach London gehen konnte? Sie stand auf und öffnete das Fenster. Warm und streichelnd war die Luft. Gedankenverloren zeichnete sie mit dem Finger auf dem Fensterbrett den Umriss eines Blattes nach. Jede einzelne Zacke beruhigte sie ein bisschen mehr. Grüne Blätter gedruckt auf Baumwolle würden einen schönen Stoff ergeben. Sie dachte wieder an die hellrosa Regaltür, und ihr Herz wurde leicht und frei. Sie würde einfach durch diese Tür zur Schule gehen!

Als sie am nächsten Morgen mit dem Fahrrad zur Schule fuhr, stellte sie fest, dass sie sich gar keine Sorgen hätte machen müssen, denn die Gedanken an ihre Zukunft waren so übermächtig, tanzten so übermütig in ihrem Kopf herum, dass sie sich ganz von allein leicht und froh fühlte, wie fortgespült und getragen von einer unsichtbaren Kraft. Im Sand vor dem alten Gebäude aus dunkelbraunem Stein stellte sie ihr Fahrrad ab und hielt kurz inne. Sonst wollte sie immer schnell in den Klassenraum, um bei den anderen zu sein, aber jetzt genoss sie die frische Morgenluft und fühlte sich hier draußen so sicher und geschützt. Ihr Blick fiel auf den dunkelgrünen

Efeu, der sich die Mauern der Schule empor rankte, und sie dachte, wie liebevoll er sich eng an die Steine schmiegte wie um den Schülern zu sagen, dass es gar nicht so schlimm in der Schule sei. Langsam ging sie die Stufen zur großen Eingangstür hinauf. Ihr Rock wehte im Wind. Als sie ihn festhielt und dabei die Tür aufstoßen wollte, sah sie aus dem Augenwinkel, wie Ashley mit ihrem Fahrrad um die Ecke gebogen kam. Schon hatte diese sie auch gesehen und rief „Hallo" und winkte ihr zu. Sie hatte sie seit dem Schulball nicht mehr gesehen, und ein Schatten legte sich kurz über ihre Gedanken und instinktiv griff sie zur Klinke. Aber ihre gute Laune überwog dann doch, so dass sie an die Tür gelehnt stehen blieb und zurück winkte. Bald schon hatte Ashley ihr Fahrrad abgestellt und kam ganz außer Atem die Stufen empor gelaufen. „Hallo Lucy!" rief sie noch einmal fröhlich und umarmte sie. „Ich habe ja schon ewig nichts mehr von Dir gehört. Was hast Du denn die ganzen Sommerferien über gemacht?" Lucy lächelte etwas schief. Sollte sie ihr gleich von der Zusage erzählen? Sie wollte sie nicht neidisch machen, aber sie war doch ihre Freundin! Also entschied sie sich zu sagen: „Ach, ich habe Unterlagen bekommen von der Schule in London, da, wo ich mich beworben hatte..." Ashley unterbrach sie und sagte freundschaftlich: „Schon okay, Du musst ja nichts erzählen. Lass uns reingehen, ja. Ich bin schon gespannt, welche Lehrer wir dieses Jahr haben." Dann hakte sie sich bei ihr ein und zog sie zur Tür. Lucy wurde von einem seltsamen Schwächegefühl übermannt, das sie aber bald wieder über der Freude, alle wiederzusehen, vergaß, als sie den Klassenraum erreichten.

Ihre gute Laune hielt während der nächsten Tage an. Wenn sie morgens aufwachte, dann kam die Erinnerung sogleich zu ihr zurück und ein süßes Glücksgefühl floss durch ihr Herz, so dass es sich anfühlte, als ob die Sonnenstrahlen, die sie zaghaft geweckt hatte, es ihr einflössen würden. Voller Zuneigung zu allem, was sie umgab, stand sie dann auf, öffnete das Fenster und sagte „Guten Morgen!" zu den Blaumeisen, die in den Zweigen des Apfelbaumes saßen, und zwitscherten.

Am Ende der ersten Unterrichtswoche kam Ashley zu ihr und sagte: „Ich gebe morgen eine kleine Party bei mir im Garten. Ich finde, man muss das Wetter ausnutzen, solange es noch schön ist. Du bist herzlich dazu eingeladen! Hast Du Lust?" „Ja, gerne", antwortete Lucy. „Super, dann bis morgen!" Und

Ashley ging davon, um weitere Einladungen auszusprechen. Lucy freute sich sehr. Sie liebte es, eingeladen zu werden.

An diesem Nachmittag durchsuchte sie ihren Kleiderschrank und entschied sich für ein hellgelbes, geblümtes Kleid mit kurzen Ärmeln und Volants am runden Ausschnitt und am Rocksaum aus einem leichten Chiffonstoff, das sie selber genäht hatte. Dazu würde sie eine Kette aus gelben und transparenten Glasperlen und hohe, hellbraune Riemchensandalen tragen. Vor dem Schlafengehen flocht sie sich die Haare zu Zöpfen und war bereit für den kommenden Tag. Kein einziges Mal seit der Einladung hatte sie an den Schulball gedacht und sank ganz unbeschwert in ihre Kissen.

Mit gewelltem, blondem Haar und in dem gelben Kleid, das weich und leicht ihren Körper umspielte, saß sie am nächsten Nachmittag an ihrem Frisiertisch und schminkte sich die Lippen hellrosa. Die Party begann um 17 Uhr, und es blieb nicht mehr viel Zeit. Hast sprühte sie noch ein wenig Parfüm auf ihre Hals, griff nach ihrer braunen Umhängetasche und rannte nach unten. „Tschüß Mama, tschüß Papa!" rief sie beim Vorbeigehen in das Wohnzimmer hinein. „Tschüß Lucy, viel Spaß!" riefen ihre Eltern mit fröhlicher Stimme zurück. Dann schwang sie sich auf ihr Fahrrad und fuhr davon. Schief sang sie ein Lied dem Wind entgegen, der die Melodie davontrug und Ton um Ton kam bei den Krähen an, die missmutig auf den Hochleitungsdrähten saßen und sich gerne die Ohren zugehalten hätten, wenn sie dies gekonnt hätten. Stattdessen schickten sie Lucy ihr empörtes Gekrächze hinterher, das allerdings auch nicht viel besser klang.

Ashley wohnte am anderen Ende des Ortes in einem kleinen Landhaus, dessen Grundstück von einer niedrigen Steinmauer umgeben war. Rosa Rosensträuche wuchsen außen am Haus empor. Als Lucy an der Pforte ankam, hörte sie schon den Klang von Musik und Lachen aus dem Garten hinter dem Haus. Sie drückte die Klingel, und für einen kurzen Moment verließ sie die Vorfreude auf die Party. Sie spürte eine Abstoßung zwischen sich und diesem Garten ähnlich dem, was man spürt, wenn man zwei Magneten verkehrt herum gegeneinander drückt. Doch da öffnete Ashleys Mutter die Tür und rief „Hallo Lucy! Ashley ist schon mit den ersten Gästen im Garten." Frau Smith war eine kleine, etwas rundliche Frau, mit mittellangem braunem Haar und einer sehr warmherzigen, mütterlichen Ausstrahlung. Lucy hatte in ihrer Gegenwart immer das Bedürfnis, ganz nah bei ihr zu sein, damit sie sich um sie kümmere und sie beschütze. So lächelte sie und sagte: „Hallo, Frau Smith!" und ging zu ihr hin. Frau Smith drückte sie kurz und warm und entgegnete dann: „Ich bringe Dich nach hinten. Wir sind ja so froh, dass das Wetter bisher hält. Dem Wetterbericht nach soll es ja vielleicht noch heute Abend regnen, aber toi toi toi, wir hoffen nicht." Und dabei leitete sie Lucy um das Haus herum. Sie hatte recht, das Wetter war sehr schön, ungewöhnlich warm und mild für einen Tag Anfang September. Die Abendsonne schien warm und golden, und die Luft war feucht vom Tau der Bäume und des Rasens, so dass es Lucy nach der staubigen Straße beim Erreichen des Gartens so vorkam, als ob sie einen neuen Raum betreten würde. Sie fühlte sich entrückt und aufgeregt. Die Sektgläser, mit denen um sie herum angestoßen wurde, klingelten hoch und hell wie ein angeschlagenes Tamburin, mit dem der Beginn eines Stückes angekündigt wurde. Frau Smith hatte ihr auch ein Sektglas in die Hand gedrückt und sagte: „Amüsiere Dich gut, Lucy!" Dann eilte sie zurück zum Haus, denn es hatte wieder an der Tür geklingelt. Lucy nippte an dem Sekt und sah sich um. Die Mädchen trugen Sommerkleider in allen Farben der Palette, in weiß, hell- und sonnengelb, orange, hell- und dunkelrot, rosa und fliederfarben, hellgrün und mint und in hell- und dunkelblau. Die meisten fand sie sehr chic. Die

Jungen trugen alle Hemden und feine Hosen, und sie konnte von weitem sehen, wie sie versuchten, Charme zu versprühen. Am besten gefielen ihr die, die ernsthaft in einen Gespräch vertieft zu sein schienen, oder echte Regung zeigten, wenn sie angesprochen wurden. Aber eigentlich wollte sie gar nicht kritisch denken, die eine Erfahrung mit Tom sollte ihr nicht die Sicht auf die Jungen verderben. Viel stärker war die Empfindung, getragen zu werden von dieser Kulisse. Alles schien möglich in diesem Moment, in ihrem Kleid, in der warmen Abendsonne, inmitten des kühlen, schützenden Grüns, umgeben von den Gästen, die versunken waren in ihr Gespräch. Sie spürte ganz genau, wenn jetzt jemand zu ihr käme und etwas Bestimmtes zu ihr sagen würde, das sie nicht benennen konnte, dann wäre ihr Herz plötzlich erfüllt von Glück und Liebe.

Doch in diesem Moment hatte Ashley sie entdeckt und rief „Hallo, Lucy!" und kam eifrig auf sie zugelaufen. Ashley quetschte sie mehr, als dass sie sie umarmte und stellte dann munter fest: „Du siehst gut heute aus!" Wenn Lucy ein bisschen selbstbewusster gewesen wäre, dann hätte sie geantwortet: „Was soll das denn bitte heißen?" aber so sagte sie nur mit belegter Stimme: „Danke" und fügte höflich aber regungslos hinzu: „Es ist schön hier." „Nicht wahr?" antwortete Ashley aufgedreht. „Wir haben uns so viel Mühe gegeben!" Und sie deutete auf den mit einer weißen Tischdecke gedeckten Tisch, auf dem lauter kleine Törtchen mit verschiedenfarbigen Buttercrèmeglasuren, verziert mit Zuckerperlen und Früchten, ein großes Glasgefäß mit Himbeerbowle, ein Zitronentarte und eine Platte mit kleingeschnittenem Gemüse, Crackern und verschiedenen Saucenschälchen standen. Das sah wirklich sehr lecker aus, und am liebsten wäre Lucy gleich dort hingegangen. Aber Ashley zog an ihrem Ärmel und sagte: „Du kennst doch noch gar nicht unseren neuen Teich! Komm mit, ich zeige ihn Dir." Und sie trottete hinter Ashley her zu dem Teich, der im hinteren Teil des Gartens lag, fast an der Steinmauer. Es war eigentlich ein ganz normaler Gartenteich, und sie wusste überhaupt nicht, was sie dazu sagen sollte. „Toll", sagte sie leicht erschöpft, denn das vertraute Schwächegefühl hatte sie wieder ergriffen. Dabei fiel ihr Blick auf einen Goldfisch, der in dem Wasser seine Bahnen schwamm. Er war heller als Goldfische im allgemeinen, und seine Schuppen glänzten und funkelten im Abendlicht. Sie dachte plötzlich, wie gut so gelb und hellgold gefärbte Pailletten auf wässrig glänzender crèmefarbener Seide aussehen müssten. „Ist alles in

Ordnung?", fragte Ashley sie. „Du siehst so nachdenklich aus." „Ja, ich habe nur gerade etwas überlegt, zu dem Fisch", antwortete Lucy abwesend. „Komm, wir gehen zurück zu den anderen", sagte Ashley und legte den Arm um sie, als ob sie sie stützen wolle. Als sie wieder die Mitte des Gartens erreicht hatten, stellte sie sie den Gästen vor, die sie noch nicht kannte, und hielt dabei die ganze Zeit hilfsbereit ihre Hand auf Lucys Rücken gelegt. Lucy lächelte und sagte immer wieder „Hallo" aber blieb abwesend.

Etwas war verflogen. Ein kleines Fenster zu ihrem Herzen hatte sich wieder geschlossen. Sie verbrachte den Rest des Abends damit, über die leckeren Törtchen und Dips herzufallen, und sich die Schnitte der Kleider einzuprägen, die ihr gefielen. Als sich die meisten Gäste gegen Mitternacht auf den Weg nach Hause machten, ging auch sie. Sie war nicht direkt niedergeschlagen, es war ein angenehmer, unterhaltsamer Abend gewesen, aber es war etwas Unsichtbares in der lauen Abendluft gewesen, wonach sie nicht hatte greifen können, und jetzt würde sie nie erfahren, was es gewesen wäre. Es war so, als ob verhindert worden sei, dass das in ihr Kleid eingewebte Versprechen eingelöst werde. Doch je näher sie ihrem Zuhause kam, desto mehr vergaß sie ihr Bedauern und freute sich auf ihr Zimmer und auf all das, was sie am darauffolgenden Sonntag dort würde machen können, wenn sie wieder allein war. Sie würde die beobachteten Schnitte aufzeichnen, ein bisschen mit Pailletten experimentieren und vielleicht auch noch eine neue Modezeitschrift durchblättern.

So verging der Herbst mit Schulaufgaben, Entwürfen und gemeinsamen Abenden mit ihren Eltern, und der Winter kam. Nie verlor sie ihr heimliches, kleines Glück. Der Apfelbaum vor ihrem Fenster hatte seine Blüten verloren und Früchte getragen, so wie ihre Freude ihr viele, neue Entwürfe beschert hatte, und jetzt stand er kahl da im Raureif des beginnenden Winters. Der Rasen im Garten ruhte aus unter einer glitzernden Eiskristalldecke aus Frost, und die Blaumeisen zwitscherten nicht mehr, weil sie so froren, und verkrochen sich in dem Vogelhaus, das Lucys Eltern an der Hauswand unter ihrem Fenster aufgehängt hatten.

Nur einmal war sie im Laufe des Herbstes in ihrer Ruhe gestört worden, als Ashley Fotos von ihrer Gartenparty in die Schule mitbrachte und sie erschrak, als sie sich darauf sah und das graue Etwas in dem schönen Kleid kaum wiedererkannte. Sagte ihr Frisiertischspiegel nicht immer etwas Anderes, Erfreulicheres? Bei dem Anblick der Fotos krampfte sich ihr Magen zusammen. Es tat ihr weh, sich so zu sehen, und irgendwie fühlte sie sich auch bedroht. Doch sie hatte diese Begebenheit schnell wieder verdrängt.

Zwei Wochen vor Weihnachten wurde sie von Vivian, die eng mit Ashley befreundet war, zu einem Weihnachtsessen eingeladen. Sie hatte im Laufe des Schulhalbjahres immer wieder angefangen, von der Designschule zu erzählen, aber die Mädchen hatten immer nur „Aha" gesagt und „Das ist ja interessant" und dann das Thema gewechselt, ohne zu versäumen, sie in das neue Gespräch mit einzubeziehen. So freute sie sich dieses Mal nicht sehr über die Einladung, und hatte wenig Lust, zu dem Essen zu gehen, da sie über das Thema, das sie am meisten beschäftigte, ohnehin mit niemandem würde sprechen könne. Aber sie wollte ihre Freundinnen auch nicht vor den Kopf stoßen und nahm die Einladung an.

So stand sie am Samstag vor Weihnachten in dunkelrotem Pullover, Jeans und schwarzen Schuhen an der Eingangstür und wartete darauf, dass ihr Vater käme, um sie dort hinzufahren. Da lief er schon ganz außer Atem die Treppe hinunter und rief: „Entschuldigung, ich habe die Autoschlüssel nicht gefunden. Gleich geht's los." Lucy zuckte mit den Schultern. „Das eilt gar nicht", antwortete sie und ließ den Deckel der Plätzchendose auf und zu schnappen, die sie Vivian mitbringen wollte. Als die Autoscheiben freigekratzt und sie losgefahren waren, fragte ihr Vater sie: „Freust Du Dich denn gar nicht? Du gehst doch sonst so gerne aus." „Ach, keiner will mit mir über London sprechen." „Vielleicht sind sie ja eifersüchtig?", gab ihr Vater zu bedenken. Lucy ließ den Blick über die inzwischen verschneite, hügelige Landschaft schweifen, ein einsames Pferd löste sich von einer Herde und galoppierte einem Waldstück entgegen. „Nein, ich denke nicht. Allen geht es doch gut. Ich glaube, sie wollen sich nur nicht damit auseinandersetzen. Es passt nicht hinein." Ihr Vater zog zweifelnd eine Augenbraue hoch. „Na, wenn Du meinst. Hier wären wir." Und sie hielten vor einer großen, verschneiten Villa, deren Fenster alle hell erleuchtet waren. Das warme, goldgelbe Licht inmitten der Kälte, des Schnees, des Matsches auf der Straße und der beginnenden Dämmerung zog Lucy magisch an. Sie konnte sich die schönsten Dinge ausmalen, die hinter solchen Fenstern geschehen könnten, und schüttelte ihre Unlust ab. „Tschüß

Papa, bis später. Danke fürs Fahren", sagte sie, gab ihm einen Kuss und stieg aus. „Tschüss Lucy!" antwortete er.

Vivian selbst öffnete die Tür auf ihr Klingeln hin. Sie umarmten sich, und Lucy drückte ihr die Plätzchendose in die Hand. Sie dankte und während sie sie öffnete und den Inhalt inspizierte, konnte Lucy über Vivians Schulter hinweg den geschmückten Weihnachtsbaum im Wohnzimmer sehen. Es roch nach frisch gebackenen Keksen, Zimt, Orangen und Nelken. Der flauschige crèmefarbene Teppich verschluckte ihre Schritte, als Vivian sie über den Flur durch eine weiße Kassettentür mit Fenstern aus Vitrinenglas ins Esszimmer geleitete, wo die Tafel schon gedeckt war. An der Decke hing ein kristallener Kronleuchter und an der mit dunkelroter Seidentapete bezogenen Wand, die längs der Tafel verlief, war ein weißer Kamin, auf dessen marmornem Sims mindestens zwanzig Kerzen brannten. An jedem Platz stand ein kleines, rotes Tischkärtchen, auf dem mit Goldstift der Name des dort sitzenden Gastes geschrieben war. In der Mitte des Tisches, flankiert von den weißen Porzellangedecken, lagen dunkelgrün-braune Mistelzweige. Warmes, leises Gelächter schwappte zu Lucy von dem anderen Ende des Raumes hinüber, wo eine Gruppe aus ihrer Klasse stand. Sie suchte ihren Platz, nahm das Sektglas dankend an, das Vivian ihr in die Hand drückte, und gesellte sich zu der Gruppe. „Hallo Lucy", sagten alle freundlich. „Hallo". „Geht es Dir gut?" „Ja", antwortete sie gedehnt. „David erzählt gerade von seiner Reise nach Kambodscha", sagte Ashley zu ihr. „Er wird vielleicht im nächsten Jahr ein Praktikum dort machen bei einer Entwicklungshilfeorganisation." „Aha", entgegnete sie gereizt und sank in sich zusammen. „Das ist ja interessant." Niemand bemerkte ihren spöttischen Unterton. Sie verachtete sich selber dafür, sich so am Desinteresse der anderen an ihr festzubeißen. Vielleicht hatte es etwas damit zu tun, dass sie solchen Wohlstand nicht gewohnt war und fühlte, wie er sich wie eine enge Jacke um sie legte, ihr die Luft abschnürte und nur wenige, hölzerne Bewegungen zuließ. „Du siehst ja schon wieder so mitgenommen aus", rief Ashley in diesem Moment, und Lucy wurde schwindelig. „Mir geht es gut", sagte sie ruhig und fest. Aber Ashley fuhr unbeirrt fort: „Wir machen uns alle solche Sorgen um Dich." Und in vertraulichem Ton fügte sie hinzu. „Ich weiß doch, wie schrecklich es für Dich war, dass Tom Dich abgewiesen hat und wie sehr Du noch heute darunter leidest. Du hast ja immer noch keinen Freund." Lucy dachte „Na danke, jetzt wissen es auch alle". Aber noch schlimmer als das war, wie schlecht ihr wurde. Ashley plapperte munter weiter: „Weißt Du, jeder Mensch hat mal schwere Phasen im Leben und wenn Du dann erst einmal nach der Schule einen Ausbildungsplatz und einen netten Jungen gefunden hast, dann wird es wieder besser werden. Wir haben uns alle so bemüht, Dich ein wenig aufzuheitern", und dabei blickte sie nach Zustimmung heischend in die Runde und erntete mehrfaches Nicken. „Ich z.B. habe auch lange daran zu knabbern gehabt, dass es mit dem Praktikum in New York nicht geklappt hat, aber meine Mutter und ich sind zu dem Schluss gekommen, dass so ein Auslandsaufenthalt vor dem Schulabschluss ohnehin zu früh gewesen wäre. Nach den Osterferien werden wir verschiedene Unis in London anschauen, und bis dahin weiß ich dann auch ganz genau, was ich will und was das Richtige für mich ist." Wort für Wort fand Ashleys Rede ihren Weg zu Lucys Ohr und verwandelte sich in ihr in süßliches Gift, das ihr Herz sinken und verschwinden ließ. Die Hand, mit der sie das Sektglas umklammert hielt, zitterte und sie drückte fester zu und fester, bis das Glas in tausend Scherben zersprang und der Sekt ihre Finger hinablief.

„Ich existiere nicht", dachte sie. „Ich habe nie existiert und ich werde nie existieren. Allenfalls Mitleid bringt man mir entgegen. Es ist nicht einmal Unverständnis, mit dem man meinen Plänen begegnet, oder Desinteresse, sondern es ist irrelevant! Da es etwas mit ihr zu tun hatte, kann es nichts sein." Diese Gewissheit wurde zu einer harten, hohen Mauer, die sich zwischen ihr und den anderen aufbaute, und bevor sie alle aus ihrem Blickfeld schwanden, sah sie noch ihre leeren Augen, mit denen sie verständnislos auf die Scherben am Boden blickten, und dachte „Tote, blinde Augen".

Dann stürzte sie wortlos zur Tür hinaus, schnappte ihren Mantel, würgte sich den Schal um den Hals, zog die Handschuhe an und stolperte hinaus in den Schnee. Die Tränen begannen zu laufen, und ihr ganzes Gesicht krampfte sich zusammen unter dem Schluchzen, das sie immer und immer wieder schüttelte. Aber sie lief weiter. Die Kälte war eine Wohltat und kühlte ihren Schmerz. Wie das einsame Pferd am Nachmittag lief sie so schnell sie konnte ihrem rettenden zu Hause entgegen. Die Sterne blinkten ruhig und freundlich am nachtblauen Himmel. Wie sehr sie sie um ihren festen Platz beneidete!

Als sie endlich zu Hause angelangt war, stand ihre Mutter in der Tür und sagte: „Ich habe Dich von weitem kommen sehen. Was ist denn los? Hast Du geweint?" Anstatt einer

Antwort warf sie sich ihrer Mutter in die Arme, und diese streichelte ihr sanft über den Kopf. „Es wird schon wieder gut werden. Es ist bestimmt alles halb so schlimm", sagte sie weich. Lucy beruhigte sich ein wenig und ging dann mit ihr ins Haus hinein. Dort zog sie Mantel, Schal und Handschuhe aus. Der rechte war klebrig. Der Sekt an ihrer Hand roch jetzt faul und süßlich. Sie dachte, an ihrer rechten Hand könne sie ablesen, dass auch ihre Freundschaften nichts als schäumendes Vergnügen gewesen waren, das schnell verging und von dem nichts blieb als ein schaler, süßlicher und fauler Nachgeschmack. Aber die Wahrheit war auch, dass sie ihre Hände danach ausgestreckt und die Augen verschlossen hatte um der Nähe und des Vergnügens willen. Eigentlich geschah es ihr ganz recht.

„Kuck doch nicht so traurig", sagte ihre Mutter bittend und strich ihr noch einmal über den Kopf. „Es war doch nur eine Party. Morgen wird das Leben ganz normal weitergehen." Sie lächelte ihr aufmunternd zu, dann ging Lucy hoch in ihr Zimmer und legte sich ins Bett. Die kühlenden Laken entspannten sie. Sie kuschelte sich ganz fest in ihre Decke ein und mit noch feuchtem Gesicht schlief sie ein.

Am nächsten Morgen verhüllten Nebel das Land. Das gefiel ihr, denn so war alles außerhalb des Hauses unsichtbar und unendlich fern. Nach dem Frühstück stellte sie sich ans Fenster und blickte in die undurchsichtige, geheimnisvolle Außenwelt. Sie würde sich langsam vortasten und lernen müssen, wo diese Mauer begann, die sie am Tag zuvor gesehen und gespürt hatte. Da sah sie etwas Orangenes durch den grauen Dunst leuchten. Sie kniff die Augen zusammen. Es war eine Mohrrübe! Sie wartete noch ein wenig, bis die Nebelschleier an einer Stelle aufrissen, und dann sah sie ganz deutlich auf dem Nachbargrundstück einen Schneemann mit einer Mohrrübe als Nase, vor dem ein Junge stand und gerade Kastanien als Augen in den Kopf steckte. Es war ihr Nachbar Paul. Er ging auf die gleiche Schule wie sie, war aber eine Klasse unter ihr. Sie kannte ihn kaum, da er erst vor einem Jahr hierher gezogen war. Plötzlich hatte sie Lust mitzumachen, zog einen dicken Pullover an, lief nach unten, nahm Schneeschuhe, Daunenjacke und Skihandschuhe und ging hinaus in den Garten zum Zaum. „Hallo Paul!" rief sie und winkte ihm zu. „Ich habe Dich vom Fenster aus gesehen und wollte Dich fragen, ob ich Dir Gesellschaft leisten kann." Er drehte sich zu ihr um. Freude war auf seinem Gesicht zu lesen. „Hallo Lucy, ja gerne! Komm doch herüber." Lucy strahlte und lief nach vorne zur Straße, um den Zaun herum und zurück in Richtung Garten zu ihm. Seine Wangen glühten rot, und sein ganzes Gesicht leuchtete, als er ihr entgegen blickte. Es war hübsch, und seine Lippen waren ganz zart und fein geschwungen und bebten ein wenig von der Erregung über das unerwartete Geschehnis. Unter seiner Wollmütze lugte kurzes, dunkelblondes Haar hervor. Plötzlich zog er anzüglich beide Augenbrauen hoch und runter und sagte: „Na, ganz allein am Sonntag Morgen?" Lucy musste lachen und dachte: „Was bist Du denn für ein süßes, kleines Wesen?" Er hatte ihre verquollenen Augen gesehen, als sie lachte, und streckte eine Hand nach ihr aus und fasste sie leicht am Arm an. „Ist alles in Ordnung?", fragte er. „Nein, eigentlich nicht", antwortete sie und erzählte ihm, was sie so deprimiert hatte. Er schaute sie ein wenig spöttisch an. „Entweder sie lieben einen oder sie lieben einen nicht", bemerkte er schlicht. Lucy fühlte sich beim Dramatisieren ertappt und schob ein bisschen schmollend die Unterlippe vor. „Für mich ist das schlimm", entgegnete sie ihm. Da wurden seine schönen, blauen Augen ganz warm und feucht und er sagte treuherzig: „Dann kann ich ja Dein Freund sein!" Sie schaute ihn groß und verwundert an. Dann wurde sie ergriffen von einer Welle aus Leichtigkeit und Zuneigung zu ihm und streckte ebenfalls die rechte Hand nach seinem Arm aus und spürte bei der Berührung sofort, dass sie mit ihm die Arme würde ausstrecken und Seite an Seite sich in die Lüfte erheben könnte, ganz genau so, wie sie es geträumt hatte. Da zog sie ihn mit beiden Armen zu sich und drückte dieses zarte, liebe, kleine Wesen ganz fest an ihr Herz und dachte: „Ohne Dich flieg ich nicht."

In der Ferne, verborgen vom Nebel, stand die Mauer. Zwei Krähen hatten sich missmutig auf ihr niedergelassen und dachten: „Das ist doch wieder typisch. Endlich passiert hier mal was, und dann ist die Sicht so schlecht." Und sie krächzten verärgert.

Der schöne Schein

Blitzlichtgewitter sandte helle Funken in die dunkelblaue Nacht. Die Fotographen spürten nicht die Kälte des Abends, das Licht gab ihnen eine Illusion von Wärme, und Limousine nach Limousine fuhr vor der großen Freitreppe vor. Sie beneideten die Schauspieler und Regisseure, die in ihren glänzenden Roben und feinen Anzügen ausstiegen und dachten, dass hinter den metallenen Schranken, auf dem roten Teppich, der die Freitreppe hinaufführte, eine ganz andere Region des Lebens wäre, ein Zauber dort verborgen sei, den spüren zu dürfen sie alles gegeben hätten. Celia, die junge Schauspielerin, auf die sich gerade ihre Kameras richteten, erahnte die Gedanken der Fotographen und hätte ihnen gerne gesagt, dass es nur so wenige Momente waren, in denen die Welt verschwand und man ganz allein, ganz bei sich war inmitten der Dunkelheit und der blitzenden Lichter, und es sich nicht nach Glanz und Glamour sondern nach Freiheit und Stärke und manchmal auch nach einem Kompliment anfühlte. Gerne hätte sie zu ihnen gesagt: „Die Dunkelheit ist überall, und die Freiheit und das Lob sind für jeden da. Besonders ist der, der diese Dinge jenseits der breiten Wege entdeckt." Aber sie hätten es ihr nicht geglaubt und knipsten, erhellten ihr Gesicht mit den Blitzen und schufen den Gegenbeweis ihrer Gedanken, glänzende Bilder von ihr in schulterfreiem, bodenlangem, hellblauem Seidenkleid, der Hals geschmückt mit einem Collier aus Brillanten, die goldblonden Haare in sanften Wellen über ihre Schultern fließend, die Haut gebräunt und das Gesicht geschminkt in Rosé und Silbertönen. Sie fühlte sich für einen kurzen Moment so, als ob sie herauslukte aus einem dunklen Haus und nicht richtig begreifen konnte, was vor der Tür geschah. Doch wenn sie ihre Bilder sah, dann dachte sie, so ist es gewesen. Vielleicht nicht genau in jenem Moment, aber ein bisschen vorher, vielleicht beim Ankleiden, kurz bevor das Auto vorfuhr, als eine prickelnde Vorfreude sie ergriff, ihr Magen sich voller Aufregung zusammenzog. Jener Moment aus der Vergangenheit war noch da, als sie vor die Fotografen trat, verblasste nach und nach und löste sich dann in der kalten Nachtluft auf. Betäubt vom Licht ging sie die Treppe hinauf und betrat den Ballsaal, funkelnd, hell erleuchtet, mit Stuck verzierten Decken, Wände verkleidet mit weißem Holz. Er traf sie als helle, kühle Leere, so dass sie sich haltsuchend zu einem marmornen Kamin treiben ließ. Gerne hätte sie jetzt zu den Fotografen gesagt: „Seht Ihr, Eure Blicke und Blitze haben mir nichts geschenkt, kühl ist es hier und einsam und ich habe ganz vergessen, wer ich bin. Das, was ihr sucht, ist im Spiel. Da wird der Zauber der Handlung entkorkt und das Geschenk ist, dass man sich selber vergisst und in der Rolle leben darf wie in einem geheimen, unsichtbaren Land." Doch ihr nächster Film war noch Monate entfernt....

„Celia", rief eine Stimme fröhlich und riss sie aus ihren trüben Gedanken. Sie erstrahlte und freute sich, ihren Freund Robert zu sehen. Sie schüttelte sich leicht. „Hallo Robert", rief sie zurück und ließ sich von ihm in die Mitte des Saales ziehen. Da standen schon Benjamin, Peer und Ullrich, und sie hörte sie von weitem zueinander sagen: „Celia ist da!" und sah sie in ihre Richtung nicken. „Hallo" strahlte sie allen entgegen und fügte sich ganz rund und weich in ihren Kreis. „Wir haben gelesen, Du bist letzte Woche mit vier unbekannten Hunden um Mitternacht am Bahnhof gesehen worden. Was war da los?" fragte Robert sie gutgelaunt. „Oh, oh", lachte Celia mit heller Stimme, „waren es nur vier?" „Du kannst Dich also gar nicht mehr erinnern, so ...." begann Robert zu entgegnen, da stieß Peer ihn ungehalten an und unterbracht: „Nein, Celia, eigentlich wollten wir Dir sagen, dass uns „Wind in den Weiden" sehr gut gefallen hat. Du spielst nicht immer nur Dich selbst. Jedes Mal, wenn wir Dich auf der Leinwand sehen, erkennen wir Dich gar nicht wieder." Sie verbeugte leicht den Kopf und sagte freudig: „Danke!" Dann lächelte sie und fügte hinzu: „Und ihr, und ihr?" „Ach, wir planen etwas", sagte Benjamin und schaute verlegen zu den anderen. „Sonst wären wir ja auch nicht hierher eingeladen worden", half Ullrich. „Wir haben letztens bei einem Festival einen Drehbuchautor aus Schweden kennen gelernt. Wir wollen etwas von ihm verfilmen. Es fehlt nur noch der Regisseur." „Das klingt doch gut", sagte Celia angetan. „Vielleicht kann ich ja auch einmal bei Euch mitspielen?" „Sehr gerne", erwiderte Peer ernst. Da zog Ullrich ihn am Ärmel: „Schau mal, da ist doch unser Drehbuchautor. Lass uns mal hingehen." Peer schaute ihn an, überlegte kurz und sagte dann: „Geht schon einmal vor, ich komme gleich nach." „Ok", antwortete Ulrich, und die drei bahnten sich ihren Weg durch den Saal. Peer drehte sich zurück zu Celia und blickte sie sehnsuchtsvoll an. Zum ersten Mal an diesem Abend fiel ihr auf, dass Musik im Hintergrund spielte. Der funkelnde Saal, die Geigen, sein Blick, ihr Kleid, ihr Herz begann zu leuchten, und mit unsichtbaren Händen hob er sie ein Stück empor. Schwebend erwiderte sie seinen Blick und schwebend bewegte sie sich vor ihm her, als er sie mit seinen Schritten drängend an den Rand des Saales schob. „Celia", flüsterte er und sie hob leicht den Kopf, „Celia", flüsterte er weiter, und sie hob und senkte leicht den Kopf, gefügig auf seine Stimme reagierend, während sie schwebend vor ihm dahinglitt. Sie wollte gerne die Augen schließen und sich hineinwiegen in die Klänge der Musik. Sein Kopf näherte sich ihrem Hals, warm war sein Atem auf ihrer Haut.

Doch plötzlich schrak ihr Herz zurück. Sie dachte, sobald er sie berührte, würde sie hinabsinken auf die Erde und in dem romantischen Moment, der der allerhöchste sein sollte, sich am allertiefsten fühlen, denn sie meinte, keine Liebe zu verspüren und der Dunkelheit und Leere entgegen zu gehen, mit der der Abend begonnen hatte. „Lass Dich fallen", flüsterte er warm und zärtlich. Ihr Körper bebte ihm entgegen, doch ihr trainiertes Herz hob sich zu ungeahnten Höhen wie in einer ihrer Rollen und heroisch dachte sie, ihn und sich vor etwas Schlechtem und Gefährlichen bewahren zu müssen. Mit rauer Stimme und dunklen Augen antwortete sie ihm: „Ich kann nicht", schwebend hob und senkte sie leicht den Kopf, ein letztes Mal im Einklang mit ihrem Gefühl. Und dann drehte Celia, die Teuflische, sich um, lief aus dem Saal in die kalte Nachtluft hinaus, die Treppe hinunter, die Straße entlang, vorbei an den wartenden Limousinen, zu Fuß bis zu sich nach Hause. Da war sie nun, allein, im Dunkeln, in der leeren Wohnung.

Im Saal zurück blieb ein verschwommenes Trugbild von ihr in der Luft, auf das Peer seine Lippen drückte. Da löste es sich auf in Nichts.

Doch Celia empfand die Dunkelheit nicht als dunkel, denn das vertraute Gefühl der Vorfreude hatte sie zu Hause empfangen und auch ein wenig Erleichterung. Alles, was die Liebe betraf war noch in der Schwebe, und das mochte sie so sehr. Sie kämmte ihr Haar, ließ das hellblaue Kleid zu Boden sinken und legte sich ins Bett. „Eines Tages wird es anders sein", dachte sie und schlief friedlich ein.

In einem anderen Bett lag sehr viel später Peer, leicht angetrunken und knirschte mit den Zähnen. „Sie wird es nie verstehen", dachte er und schlief wütend ein.

Auch die Fotographen waren müde nach Hause gekehrt, plötzlich spürten sie die Kälte, die schon den ganzen Abend lang in ihren Gliedern hochgekrochen war. Sie freuten sich darauf, erschöpft und unbeobachtet in ihr Bett zu fallen, und waren zum ersten Mal an diesem Tag froh, nicht auf der anderen Seite zu sein.

Das helle Nichts im Schatten des Mondes

Der Himmel ist grau und verhangen, als Margarete Schäfer aus der Tür des Flughafengebäudes tritt. Die Tür gleitet lautlos hinter ihr zu, und sie winkt nach einem Taxi. Während der Fahrer ihren Koffer im Kofferraum verstaut, lässt sie sich auf die Rückbank sinken. Ganz weich fällt die Tür ins Schloss mit einem satten Schnappen. „Ganz weich sind auch die Polster, so weich wie in keinem anderen Auto", denkt sie. „Man fühlt sich, als ob man mitgenommen wird an einen neuen Ort, wo alles anders ist und wünscht sich, dass ein Fremder dem Fahrer das Ziel nennt, ein unbekanntes Ziel und man selber schweigen darf." Sie greift in die Wolle ihrer Strickjacke, um sie enger um sich zu ziehen. In letzter Zeit nimmt sie die Geräusche und die Beschaffenheit der Dinge viel stärker wahr als sonst. Sie umgeben sie, begleiten sie anstelle von etwas, das verschwunden ist.

„Wo soll's denn hingehen?" Die raue Stimme des Fahrers reißt sich aus ihren Gedanken. Sie blickt ihn im Rückspiegel an. „Lindenweg 10, bitte", antwortet sie ruhig. Gerne hört sie ihre Stimme jetzt. Sie klingt weich und angenehm. Sie zieht die Strickjacke noch ein bisschen enger um sich. Als das Taxi losfährt, beginnt es zu regnen. Erst sind es nur ein paar dicke Tropfen, die an die Windschutzscheibe klopfen. Dann prasselt immer mehr Wasser herab, bis der Wagen von einem dichten Regenschleier umgeben ist. Wasser aufwirbelnd und leise surrend fährt er ruhig hindurch. „Das ist der Schleier, hinter dem sich mein neues Leben verbirgt", denkt sie. „Ein Schleier so dicht, dass man ganz dahinter verschwindet. Er verschluckt mich wie das Vergessen und niemand wird mehr wissen, wo ich bin." Sie schaudert und fühlt sich doch zugleich wohl und geborgen im feuchten, grauen Dunst.

Es ist Herbst, und sie ist jetzt Witwe seit sechs Wochen.

Es regnet noch immer, als das Taxi eine halbe Stunde später vor einem kleinen Haus hält. Es steht in einer Straße voller alter Villen. Es ist frisch gestrichen in einem Crème Ton. Weiße, bodenlange Holzlamellenfenster geben ihm ein mediterranes Aussehen und lassen eine Terrasse auf der anderen Seite vermuten. Im Vorgarten blüht Holunder, Oleander und Flieder, der Gartenzaun ist grün gestrichen und das Dach mit terracottafarbenen Ziegeln gedeckt. Es hebt sich ab von den anderen Häusern in der Nähe, die zumeist naturbelassen aus braunem Stein und von Efeu umrankt sind. Buchen und Linden spenden der Straße Schatten, doch das kleine Haus trotzt der schwermütigen Ruhe der Umgebung. Es scheint nach Sonne, nach Leben zu schreien. Aber als Frau Schäfer aus dem Wagen steigt, merkt sie, dass es seltsam still hier ist. Kein Vogelgezwitscher begrüßt sie, kein Kinderlachen- oder Schreien ist zu hören, nur ganz in der Ferne erklingt ein einzelner Klavierton, der immer und immer wieder angeschlagen wird. Die Luft ist kühl vom Regen, ihr fröstelt, doch die Stille wringt sie innerlich aus wie ein Handtuch, und sie fühlt sich trocken und ausgelaugt, als sie an das Tor tritt.

In diesem Moment öffnet sich die Haustür, und ein großgewachsener, kräftiger Mann mit dunklem, vollem Haar kommt auf sie zu. Sie schätzt ihn auf Mitte vierzig, in etwa so alt wie sie. Er trägt eine schwarze Hose und ein schwarzes Hemd. Er blickt ihr ernst, fast starr entgegen. Erst, als er direkt vor ihr steht und ihr über das Tor hinweg die Hand reicht, nickt er kurz und sagt: „Guten Tag, Frau Schäfer. Willkommen in Berlin. Mein Name ist Rolf Hermann. Ich kümmere mich um den Garten und alle Arbeiten, die im Haus so anfallen." Sie runzelt die Stirn. Sie ist verwirrt. Davon hatte der Vermieter nichts gesagt. Dann nickt sie höflich und sagt: „Herr Hermann, es freut mich, Sie kennenzulernen." Inzwischen hat der Taxifahrer den Koffer auf die Straße gestellt und läuft ein wenig ungehalten vor seinem Wagen auf und ab. Er möchte weg, zurück in die Stadt. Hektisch greift Frau Schäfer nach ihrer Handtasche und holt einen Geldschein aus ihrem Portemonnaie. „Bitte, stimmt so", sagt sie. „Danke." Der Taxifahrer winkt zum Gruß, steigt ein und fährt davon.

Herr Hermann lehnt noch immer an dem Tor. „Darf ich Ihnen das Haus zeigen?", fragt er höflich. „Ja, gerne", antwortet sie. Er trägt ihren Koffer hinein, und sie folgt ihm gehorsam. Ihr fröstelt noch immer, aber als sie das Haus betreten, entspannt sie sich. Es ist schön eingerichtet. Die Bücherregale sind aus warmem Buchenholz, die übrigen Möbel aus weiß lackiertem Kiefernholz, die Textilien, die Sofabezüge und Vorhänge sind in weiß und beige Tönen gehalten. Die Räume sind dekoriert mit silbernen Kerzenständern und Blumenvasen aus Glas. Auf dem Couchtisch steht als einziger Farbtupfer eine bauchige Vase aus rotem Glas mit einem Strauß rosa Rosen. Die Küche ist ebenfalls aus weiß lackiertem Holz. Nur die Arbeitsplatte neben dem Kühlschrank ist naturbelassen. Ihr gegenüber befindet sich eine Theke mit vier Barhockern. Die Küche ist offen zum Wohnzimmer hin, und vor den bodenlangen Wohnzimmerfenstern erstreckt sich ein großer Garten mit einem gepflegten Rasen und einigen Blumenbeeten, in denen rote, rosa und gelbe Rosen und Tulpen ihre letzten Tage vor Einbruch der Kälte genießen. Das Ende des Gartens wird begrenzt von einer Reihe Tannen.

Nachdem sie das ganze Haus besichtigt haben, sagt Herr Hermann pflichtbewusst: „Wann immer es ein Problem geben sollte in dem Haus, rufen Sie mich an, egal zu welcher Zeit. Die Nummer liegt auf der kleinen Kommode neben dem Telefon. Meistens bin ich tagsüber aber ohnehin da." Sie lächelt kurz. Sie möchte, dass er geht. Er scheint zu verstehen, denn er fährt fort: „Ich lasse Sie jetzt auspacken. Morgen komme ich wieder und kümmere mich um die Blumen. Bitte lassen Sie sich nicht irritieren von meiner Anwesenheit. Viele Leute hier in der Gegend haben Personal, das den ganzen Tag über anwesend ist." Sie nickt und lächelt noch einmal kurz. „Bis morgen", sagt sie. „Bis morgen", antwortet er höflich. Dann verlässt er das Haus.

Sie wendet sich dem Koffer zu und trägt ihn in das Schlafzimmer im ersten Stock. Dieser Raum gefällt ihr besonders gut. Es ist der einzige, der nicht in Weiß-Beige, sondern in Blau gehalten ist. Die Wände sind mit Stoff tapeziert, zart gestreift in kobalt- und marineblau. Ein großes Bett, das von einer hellblau geblümten Tagesdecke und vielen

Kissen bedeckt ist, füllt beinahe das ganze Zimmer aus. Über den Nachtischchen auf beiden Seiten des Bettes hängen kleine, silberne Wandlampen mit weißen Stoffschirmen, die durch Ziehen an einem Faden angeschaltet werden. Nachdem sie ihre Kleidung in den Schrank gehängt und die Kosmetika in dem nebenanliegenden Bad verteilt hat, lässt sie sich erschöpft auf das Bett fallen. „Ein seltsamer Ort", denkt sie, „und doch fühle ich mich wohl in diesem Haus." Bald darauf nickt sie ein und erwacht erst in den frühen Morgenstunden wieder, zerzaust und angekleidet. Nachdem sie sich ausgezogen hat und unter die Decke gekrochen ist, schläft sie durch bis zum Mittag.

Als sie die Augen wieder aufschlägt, ist es so dunkel und still in dem Raum, dass der Schlaf, der an die frische Luft flüchten möchte, sich bleiern in ihr niedersenkt. So bleibt sie noch eine Weile liegen, bis sie spürt, dass ihr schummrig wird und eine Welle von Schmerz durch ihren Kopf flutet. Sie fürchtet, Herrn Hermann zu begegnen, denn sie schämt sich, so lange geschlafen zu haben. So schleicht sie, nachdem sie sich angezogen hat, ganz leise die Treppe hinunter und läuft geduckt durch das Wohnzimmer und die Küche zur Tür hinaus. Draußen empfängt sie die gleiche Stille wie am Vortag. Sie weiß aufgrund des Stadtplans, dass sich jenseits der Gärten auf der anderen Straßenseite ein Park befindet, an dessen anderem Ende eine Bushaltestelle ist. Sie plant, bald die Dependance ihrer Firma hier in Berlin zu besuchen. Als sie gekündigt hat in der anderen Stadt, wurde ihr eine ähnliche Stelle in der Firma hier angeboten. Allerdings werde sie erst zum neuen Jahr hin frei, sagte man ihr. Sie sei aber jederzeit eingeladen, sich vorzustellen und den Betrieb zu besichtigen. „Nächste Woche werde ich hinfahren", denkt sie. „Vielleicht ist jetzt eine gute Gelegenheit, den Weg zum Bus zu inspizieren." Während sie die Straße hinabgeht, versucht sie immer wieder, einen Blick in die Fenster der Häuser, auf das Leben um sie herum zu erhaschen, doch sie sieht nur leere, möblierte Räume und einmal eine Hand an einer Gardine, die den Stoff schnell vor die Scheibe zieht, als sie ihren Blick auf das Fenster heftet. Verunsichert betritt sie den Park. Hier ist es, als ob eine unsichtbare Barriere zwischen der kühlen Luft und dem Wind und ihrem Inneren aufgehoben werden würde, und die kühle Feuchtigkeit des Herbsttages strömt in sie hinein. Plötzlich hört sie das Rauschen des Windes in den Bäumen und spürt das nasse Laub unter ihren Schuhen. Sie hebt einige gelbe, rote und braune Blätter auf, wischt langsam die Erde und den Staub von ihnen ab und genießt den Geruch der nassen Erde und das Gefühl von Natur an ihren Händen. Auf dem Weg zur Bushaltestelle streicht sie immer wieder über die glatte, wächserne Oberfläche der Blätter und denkt „Es fühlt sich an wie ein Regenmantel". An der Bushaltestelle notiert sie sich die Abfahrzeiten. Der Weg zurück zum Haus vergeht schnell und ganz erfrischt und belebt kehrt sie dorthin zurück und freut sich wieder über die schöne Einrichtung und freut sich auf den Abend.

Sie macht es sich auf dem Wohnzimmersofa mit einigen Zeitschriften und einem Glas Wein bequem und winkt Herrn Hermann zu, als er gegen Abend den Garten und das Grundstück verlässt. Erst als die Sonne untergeht, verblasst die Wirkung des Tages. Sie nimmt die Möbel kaum noch wahr und spürt die Leere im Raum, ihre Einsamkeit und das Grau der Dämmerung. Sie legt die Zeitschriften beiseite, geht hinauf zu dem Badezimmer, lässt Wasser in die Badewanne und zündet eine Kerze an. Der flackernde Schein beruhigt die hinaufkriechende Unruhe, und sie lässt sich seufzend in den warmen Schaum gleiten. Zum ersten Mal seit ihrer Ankunft denkt sie an ihr Zuhause in der anderen Stadt. In ihrem Herzen sitzt der Schmerz, den noch nichts lindern kann, doch die Erinnerungen flössen ihr Dankbarkeit ein und lassen sie für einige Momente die Gegenwart vergessen.

Nach dem Bad geht sie im Bademantel die Treppe hinunter. Es ist nun ganz dunkel. Sie ist noch erhitzt vom warmen Wasser, öffnet die Terrassentür und tritt hinaus. Der Himmel ist dunkelblau und an den Rändern schwarz. Der Mond zerreißt ihn mit seinem weißen Licht und zeichnet helle, ausfransende Streifen an den Horizont. Der Anblick macht sie beklommen. „Es ist, als ob das unbegreifliche Nichts kurz sein grelles Antlitz zeigt, bis sich der der blaue Himmel wieder davor schiebt und einem das Gefühl gibt, man sei in wohltuenden Mächten geborgen", denkt sie. Doch sie kommt nicht dazu, diesen Gedanken weiterzuspinnen, denn schnell ist ihr kalt geworden. Sie dreht sich um und geht in das Haus zurück und bald darauf zu Bett. Sie schläft ruhig und tief in dieser Nacht und träumt von ihrem Mann.

Als sie am nächsten Morgen die Augen aufschlägt, sind die Gefühle des Traumes noch so real, dass sie zunächst verwirrt ist, die blauen Wände des Schlafzimmers und die geblümte Decke ihres Bettes zu erblicken. Sie wünscht sich, dass der Traum länger bleibt, dass ihr Mann länger bei ihr bleibt. Aber unerbittlich streckt die Realität ihre Hände nach ihr aus und schüttelt sie und bombardiert sie mit Eindrücken, die löschen und verdrängen, bis nichts mehr bleibt vom Traum als eine vage Erinnerung an ein schönes Erlebnis. Sie steht auf und geht ins Badezimmer. Nach der Dusche betrachtet sie sich lange im Spiegel. In den ersten Wochen nach dem Tod ihres Mannes hat sie sich dies angewöhnt, weil sie sich so einsam fühlte. Und obwohl der Blick in den Spiegel sie daran erinnert, dass sie tatsächlich ganz allein ist mit sich, empfindet sie ihn als wohltuend. Sie spürt sich selber stärker in diesem Moment, und das ist wie ein Ersatz für eine Begegnung. Doch sie begreift auch intuitiv, dass sie dabei etwas hergibt von sich selbst und dafür nur das leblose Bild des Spiegels bekommt. Dennoch mustert sie auch heute ihren kleinen, nicht ganz schlanken Körper. Sie kämmt ihre kinnlangen, dunkelblonden Haare. Sie sind gefärbt, und am Ansatz ist schon wieder Grau zu erkennen. Dann tuscht sie ihre Wimpern. Sie findet ihre Augen wässrig und farblos. Jemand anders würde sagen, sie seien blau. Wirklich wohl fühlt sie sich nur angezogen. Manchmal stellt sie sich in der Einsamkeit auch Fragen, wie eine andere, interessierte Person dies tun könnte, und beantwortet sie dann. Heute fragt sie sich: „Vermissen Sie nicht ihre Familie in der anderen Stadt, ihre Eltern und ihre Geschwister?" „Nein", antwortet sie wohlüberlegt. „Sie sind so befangen mit mir im Moment. Immer betritt Schwermut mit mir den Raum, wenn ich sie besuche. Ich möchte sie nicht belasten. Und sie machen sich so viele Sorgen. Das macht es nur schlimmer. Ich denke, es wird alles von ganz allein wieder gut werden. Und wenn ich das geschafft habe, dann kann ich ihnen etwas mitbringen aus meinem neuen Leben."

Nach der Morgentoilette geht sie angezogen hinunter in die Küche. Sie entdeckt dort eine Espressomaschine und weiht sie sogleich ein. Sie gibt zischende und spuckende Geräusche von sich, als sie sie anschaltet. Leise surrend fließt der Espresso in die kleine Tasse, und der Geruch von frischgebrühtem Café weht durch die Küche. Sie nimmt eine Orange aus dem Kühlschrank, den ihr Vermieter zur Begrüßung gefüllt hat. Dann setzt sie sich auf einen der Barhocker an der Küchentheke und blickt hinaus in den Morgendunst, der noch über der Wiese hängt. Nachdem sie den Café getrunken und die Orange gegessen hat, streicht sie kurz gedankenverloren über die glatte, glänzende Kunststoffplatte. „Hier wohne ich jetzt also", denkt sie. Sie hat noch nie in einem Haus gewohnt. Und auch noch nie draußen im Grünen. Die Wohnung ihrer Ehe lag mitten in der Stadt. Auch in der Nacht noch hörte man Autos und Motorräder und die Stimmen der Menschen in den Straßencafés. Am Tage zog das geschäftige Treiben auf der Straße einen ganz automatisch vor die Tür. Hier hemmt der Gedanke an die Stille dort draußen sie, das Haus zu verlassen. Dennoch steht sie jetzt auf, zieht ihren Mantel an und geht hinaus. Die Luft ist kühl und feucht. Die dunklen Flecken auf den Steinen des Bürgersteiges zeigen ihr, dass es in der Nacht wieder geregnet hat. Dieses Mal biegt sie nach links ab, geht nicht in Richtung des Parks. Sie geht unter den Buchen und Linden entlang. Einmal segelt genau vor ihren Augen ein Blatt vom Baum hinab. Sie streckt die Hand aus, und es landet weich auf ihrer Handfläche. Ihre Hände riechen noch nach der Orange. Die Fenster der Häuser auf beiden Seiten der Straße blicken sie wieder stumm und leer an, doch heute betrübt es sie nicht. „Eigentlich ist die Stille ganz schön", denkt sie. „Der Lärm, das Geschehen in der Stadt flüstert einem ein, woran man zu denken, was man zu wünschen hat. Die Stille ist so ruhig, so großzügig. Sie lässt alles offen." Langsam geht sie weiter. Beim Vorbeigehen liest sie die Namen auf den Klingelschildern aus Messing neben den Haustüren und spricht sie leise aus. Sie lässt sie hinaus flattern in die Luft. „Ihr könnt Euch nicht so verstecken", ruft sie ihnen leise hinterher. Bald tasten sich die ersten, wärmenden Sonnenstrahlen ganz dünn durch die Kronen der Bäume. Doch sie tritt bewusst nicht aus dem Schatten der Bäume hinaus. Sie mag die dunkle Kühle in diesem Moment. Alles ist besser, als die trockene, leere Stille, die ihr neues Haus manchmal umgibt. Lange geht sie so die Straße hinunter und dreht erst um, nachdem sie eine Biegung gemacht hat und sich einer breiteren, befahrenen Straße nähert. Langsam geht sie den gleichen Weg zurück. Fast hätte sie es friedlich zurück ins Haus geschafft, aber kurz vor ihrem Gartentor sieht sie plötzlich in der Ferne auf dem Bürgersteig zwei Erwachsene und ein Kind auf sie zukommen. Sie hält kurz inne. Sie möchte zu gerne wissen, ob sie in der Nähe wohnen und sie ansprechen werden, wenn sie an ihr vorbeigehen. Doch als sie ihnen entgegenblickt, erstarren die drei plötzlich so, als ob ein Eisblock zwischen sie und Frau Schäfer gefallen wäre, der alle Bewegung kurz anhält. Dann wechseln sie schnellen Schrittes die Straßenseite und biegen ein in den Park. Empört und beleidigt verzieht Frau Schäfer das Gesicht und blickt ihnen mit offenem Mund hinterher. „Was soll denn das? Warum meiden die Menschen mich hier? Das ist doch eine weltoffene Stadt. Und ganz abgesehen davon bin ich doch völlig durchschnittlich und normal", fragt sie sich und hätte es gerne laut ausgesprochen. Kurz und heftig stampft sie mit dem rechten Fuß auf. Dann holt sie tief Luft und geht zurück ins Haus. „Aber ich werde mir von so etwas nicht den Tag verderben lassen. Das habe ich gestern nicht getan, und auch heute werde ich es nicht zulassen. Jeder Anfang ist schwer. Das Seltsame an diesem Ort wird sich ja vielleicht noch klären", fügt sie drinnen noch resolut hinzu.

Dann untersucht sie erneut den Kühlschrank und bereitet sich ein Mittagessen zu aus Bratkartoffeln mit Speck und Salat. Sie isst es auf einem Barhocker sitzend an der Küchentheke und beobachtet Herrn Hermann dabei, wie er die Pflanzen nach Schädlingen untersucht. Heute betritt er nicht das Haus, und sie ist froh darüber. Den Nachmittag verbringt sie damit, ihre

Papiere zu sortieren und mit dem Umzugsdienst zu telefonieren, der in der kommenden Woche die Umzugskarton aus ihrer alten Wohnung bringen soll.

Am Abend holt sie ihr Fotoalbum, das sie nach dem Auspacken in das kleine Arbeitszimmer im ersten Stock neben dem Schlafzimmer gelegt hat, und setzt sich damit auf das Sofa. Langsam blättert sie Seite für Seite des festen Kartons um. Vorsichtig schiebt sie verrutschte Bilder zurück an ihren Platz und drückt sie fest. Das Seidenpapier zwischen den festen Seiten raschelt bei jeder Bewegung. Manchmal lächelt sie beim Anblick eines Bildes. Manchmal legt sie den Kopf in den Nacken und schließt die Augen und versucht, sich zu erinnern. Einmal lacht sie laut auf, springt vom Sofa und geht auf und ab, während sie daran denkt, was da passiert ist. Ganz genau hat sie es vor Augen. Sie weiß noch, was gesprochen wurde und spricht es stumm nach und weiß noch, was geschehen ist und sieht es ganz deutlich. Ihr Gesicht zuckt, ihre Miene verändert sich stetig und ein Beobachter würde nicht denken, dass sie allein ist in diesem Moment.

Nach der letzten Seite schließt sie das Album, nimmt es in den Arm und drückt es eng an ihre Brust. „Das war ein schönes Leben", denkt sie und seufzt voller Sehnsucht. Dann löscht sie das Licht und geht nach oben in ihr Schlafzimmer und zu Bett.

Nicht lange, nachdem sie eingeschlafen ist, schreckt sie hoch. Erst ist es ganz still. Sie tastet nach dem Faden, mit dem die Wandlampe angeschaltet wird. Sie findet ihn nicht. Dann hört sie plötzlich Schritte im Flur. Sie erstarrt vor Angst. Ihr Atem geht flach und schnell. Wenn sich jetzt die Tür öffnen würde, sie könnte sich nicht bewegen. Die Schritte gehen auf und ab. Es gibt keinen Zweifel, es ist jemand auf dem Flur. Nach einer Weile denkt sie, sie seien verschwunden, und entspannt sich ein wenig. Doch dann hört sie sie plötzlich wieder, noch deutlicher und näher als zuvor. Tief fährt der Schreck erneut in sie hinein. Erst nach einigen Minuten, die sich dehnen und fast unbewegt stehen im Raum, als ob sie selber Angst hätten, werden die Schritte leiser und entfernen sich. Dann fällt die Haustür ins Schloss. Ganz langsam nur löst sich die Starre von ihren Gliedern. Endlich findet sie die Schnur, und das Licht geht an. Die tapezierten Wände, die Blautöne, die gemütlichen Kissen und Decken erscheinen ihr plötzlich trügerisch. Sie schützen sie nicht. Sie fühlt sich wie in einer ausgekleideten Geschenkschachtel, ausgeliefert demjenigen, der zugreifen möchte. Zitternd rückt sie ganz eng an die Rückwand des Bettes. Starr bleibt sie dort eine halbe Stunde lang sitzen, bis sich der Schreck langsam in Erschöpfung auflöst. Mit schmerzendem Kopf streckt sie sich wieder auf dem Bett aus und löscht das Licht. „Es ist seltsam, was für unterschiedliche Gesichter die Dunkelheit hat", denkt sie noch. „Manchmal ist sie so freundlich und umarmend, und manchmal zieht sie sich feige zurück und man weiß, sie würde alles zulassen." Bald darauf fällt sie in einen unruhigen Schlaf.

Am nächsten Vormittag weckt sie der Rasenmäher. Das Geräusch lässt sie an Sonnenschein und an den Geruch von frisch gemähtem Gras denken. Leichtfüßig möchte sie aus dem Bett springen und hinauslaufen in die Sonne, aber die Erinnerung an die vergangene Nacht stößt sie jäh zurück. Bedrückt und langsam steht sie schließlich auf. Als sie einige

Zeit später in das Wohnzimmer tritt, zieht Herr Hermann immer noch gesenkten Hauptes seine Bahnen auf der Wiese mit der Maschine. Nervös gießt sie sich ein Glas Orangensaft ein in der Küche. Sie wartet auf ihn. Als er schließlich das Haus durch die Eingangstür betritt, fragt sie ihn mit belegter Stimme: „Waren Sie gestern Nacht hier im Haus, oben im Flur?" Er blickt sie eine Weile ernst an und antwortet nicht. Er hat sehr dunkle Augen. Sie ist sich nicht sicher, ob er ungehalten oder verärgert darüber ist, dass sie ihm so etwas unterstellt und sich zu sammeln versucht, oder ob er sie eingehend mustert. Dann sagt er: „Nein, Sie haben sicher schlecht geträumt. Das ist normal in den ersten Nächten in einem fremden Haus." Sie lächelt kurz und gezwungen und bemerkt, dass er schon wieder schwarz trägt, obwohl es tatsächlich ein warmer, sonniger Oktobertag ist. Als er ihren Blick bemerkt, wendet er sich ab. Unruhig und ein bisschen enttäuscht blickt sie ihm nach. Dann trinkt sie den Orangensaft aus und verlässt das Haus.

Wieder ist die Straße menschenleer, doch bemerkt sie es nicht, zu sehr kreisen ihre Gedanken noch um die vergangene Nacht. Sie beschließt, mit dem Bus in die Stadt zu fahren. Das lenkt sie ab. Ihr gefällt diese Stadt. Das Leben pulsiert hier stärker und ungezügelter als in ihrer Heimat. Es gefällt ihr, dass sie niemanden kennt, niemandem aus ihrer Vergangenheit begegnen wird. Sie studiert die Reaktionen der Fremden in den Geschäften, wenn sie etwas sagt und auf der Straße, wenn sie sie eindringlich anblickt. Sie fühlt sich dabei ganz neu und anders. Das Bild der Menschen von ihr in der Gesellschaft ist abgeblättert wie spröde Farbe, und ihre eingefahrenen Reaktionen darauf sind abgeschaltet. Sie fühlt sich ganz nah bei sich selbst und spürt, wie der Hunger nach neuem Kontakt einen Kampf ausführt gegen den Schmerz in ihrem Herzen, der sie sonst in die Einsamkeit treibt. Als sie mit Einkaufstüten und einem leeren Portemonnaie von ihrem Ausflug zurückkommt und vom Park in ihre Straße einbiegt, steigt neben ihr ein junger Mann aus einem Auto. Sie schätzt ihn auf Anfang dreißig. Er ist ein sportlicher, schlanker Typ mit blondem, mittellangem Haar und lebendig blitzenden blauen Augen. Sie ist so überrascht, jemand anders als Herrn Hermann in der Straße zu sehen, dass sie ihn sofort laut grüßt. Er grüßt fröhlich zurück und fragt: „Sind Sie die neue Mieterin dort drüben?", und er deutet auf das kleine Haus. „Ja", antwortet sie erfreut. „Man sieht Sie ja gar nicht. Dabei wohnen Sie doch schon ein paar Tage hier." Sie lacht erleichtert und entgegnet: „ Mir geht es genauso. Ich dachte schon, die ganze Straße sei verreist." Er reicht ihr die Hand: „Willkommen im Lindenweg!", sagt er lächelnd mit festem Händedruck. Sie erwidert seinen Griff, die Sonne scheint ihr ins Gesicht. Auf einmal hört sie Vögel zwitschern. Ihr wird ein bisschen warm ums Herz. „Ich heiße übrigens Richard Lambert", fügt er noch hinzu. „Sehr erfreut, Margarete Schäfer." „Und Sie haben Glück. Es ist ein besonders schöner Herbst hier dieses Jahr. Sie sehen es", er deutet auf die Rückbank in seinem Auto, auf der eine große Sporttasche steht, „ich war gerade draußen Tennis spielen, das wäre letztes Jahr um diese Zeit nicht mehr möglich gewesen." Sie lächelt ihn dankbar an. „Ja, mir erscheint es auch so", pflichtet sie ihm bei. „Ich möchte meine freie Zeit, bevor die Arbeit wieder beginnt, auch so viel wie möglich für Spaziergänge und Ausflüge nutzen." „Vielleicht treffen wir uns dann bald einmal wieder." Warm blickt er sie an. „Gewiss", entgegnet sie ein wenig nüchtern, doch ist sie sehr gut gelaunt, als sie sich von ihm verabschiedet und nach Hause zurückkehrt. Kühl und angenehm empfangen sie die Wände des Hauses und lassen sie die Erinnerungen des Tages genießen.

Am nächsten Tag beschließt sie auszugehen. Als sie am Abend umgezogen die Treppe hinunterkommt, trifft sie Herrn Hermann. Er hat etwas im Keller repariert und ist verschwitzt und schmutzig von schwarzem Öl. „Sie gehen aus?", fragt er mit tonloser Stimme. Wieder ist sie sich nicht sicher, ob die Arbeit unter der Erde im Dunkeln ihn so dumpf klingen lässt oder ob ihr Vorhaben sich schwer auf ihn legt. „Ja", antwortet sie heiser. Ihr Parfüm hängt in der Luft. Es ist ihr unangenehm. Sie blickt ihn eine lange, stumme Sekunde lang an. Unsicher umfasst er seine Arme und geht dann aus dem Weg. Zu Boden blickend tritt sie hinaus in die Dämmerung.

Es ist ein lauer Abend. Wieder löst sich die Beklemmung, mit der sie das Haus verlassen hat, sobald sie den Park betritt, und prickelnde Aufregung macht sich in ihr breit. In der Ehe ist sie nie allein ausgegangen. Das hätte ihren Mann verwirrt, und viel lieber war sie bei ihm zu Hause, aber jetzt wartet die Stadt auf sie, wartet etwas darauf, von ihr ergriffen, gepflückt zu werden. Der Busfahrer lächelt ihr zu, als sie in den Wagen steigt. Schnell ist es dunkel geworden, und weiß und gespenstisch spiegelt sich ihr Gesicht während der Fahrt in der Fensterscheibe. Sie sieht ihr Alter, sieht die Furchen an den Wangen, die steile Falte auf der Stirn. Doch das Bild ist so schemenhaft, dass sie es, als sie den Kopf abwendet, sofort vergisst, so als ob es sagen würde: „Geh Dich ruhig amüsieren. Heute Abend gelten andere Gesetze." Der Bus hält, sie steigt aus und taucht ein in das Nachtleben. Berauscht lässt sie sich treiben von den blinkenden Lichtern in der Innenstadt und beobachtet die Menschen, die so glänzen in der Nacht. Sie geht essen und dann in eine Bar und bestellt einen Cocktail. Gegenüber dem Tresen, an der Rückwand der Bar, ist ein Regal aus milchigem Glas, das von hinten erleuchtet ist. Hunderte von Flaschen stehen in ihm. Sie betrachtet sie eine Weile. Sie findet, die bunt schimmernden Flüssigkeiten sehen hübsch aus vor dem Regal aus weißem Licht. Irgendwann spürt sie, wie jemand zu ihrer Rechten sie anstößt. Es ist ein noch sehr junger Mann, der versucht, an die Schale mit Erdnüssen zu gelangen, die vor ihr steht. Sie schiebt sie ihm hin. „Bitte", sagt sie freundlich. „Nehmen Sie nur. Ich mag keine Nüsse." Er lächelt sie an. „Dankeschön", sagt er. Er wird kaum zwanzig sein, schätzt sie. Er hat braunes, welliges Haar und blaue Augen und zwei Grübchen in den Wangen, wenn er lächelt. „Der ist aber süß", denkt sie. Ihre Augen funkeln fröhlich. Es gefällt ihr plötzlich, dass sie so viel älter ist und ihn einfach so beobachten kann, ohne dass es etwas bedeuten muss. Er bemerkt ihren Blick und wird ein bisschen rot. „Sind Sie ganz allen hier?", fragt er neugierig. „Ja", antwortet sie ernsthaft. „Ist Ihnen nicht langweilig?"

„Nein, eigentlich nicht. Ich beobachte gerne, was so vor sich geht." „Echt? Mir wäre langweilig. Und ich finde das mutig. Ich würde mich nicht trauen, allein auszugehen. Ich würde mich die ganze Zeit selber beobachtet fühlen und denken, dass alle anderen sich über mich lustig machen, weil ich niemanden habe, mit dem ich mich verabreden kann." „Naja, ich bin neu in der Stadt. Mich kennt hier ohnehin niemand. Und ich glaube, es wäre mir auch egal. Wissen Sie, die Angst vor der Meinung der anderen, das vergeht mit dem Alter." Dann fügt sie nachdenklich hinzu: „Aber ich erinnere mich, als junges Mädchen habe ich genauso gedacht wie Sie. Ich wurde schon nervös, wenn meine Freundin, mit der ich in einem Café saß, kurz zur Toilette ging und fühlte alle Blicke auf mir ruhen und mich ausgeliefert." Sie wollte eigentlich wieder verstummen, aber als sie sah, wie aufmerksam er sie anblickte, fuhr sie fort: „Eines Tages war ich mit meiner Freundin am Abend vor einer Tanzbar, so hieß das damals, verabredet, doch sie kam nicht. Ich habe eine halbe Stunde auf sie gewartet. Am liebsten wäre ich wieder nach Hause gegangen, aber ich hatte meine Eltern so lange darum bitten müssen, an diesem Abend ausgehen zu dürfen, dass ich mich dann doch überwand und allein hineinging." „Und?", warf er ungeduldig dazwischen. „Und an diesem Abend habe ich meinen Mann kennengelernt." Dann strahlt sie und zwinkert ihm zu. Er wird noch röter und blickt zu Boden. Sie legt ihre Hand kurz auf seine. „Keine Angst. Aber Sie erinnern mich ein bisschen an ihn. Damals." Und in Gedanken fügt sie hinzu: „Er war auch noch fast ein Kind, so treuherzig und neugierig und freundlich." Sanfte Wehmut ergreift sie, und die Trauer steigt erneut in ihr auf und lässt ihre Augen feucht werden. Groß schaut ihr Gegenüber sie an. „Er ist gestorben, vor zwei Monaten", wispert sie ganz leise und wischt sich über die Augen. Er sagt nichts, aber er streichelt ihr vorsichtig den Arm. Sie beißt sich auf die Lippen und sagt dann krächzend, aber kräftig: „Lassen Sie uns noch etwas trinken. Ich lade Sie ein." Und sie winkt nach dem Barmann.

Bis weit nach Mitternacht bleibt sie dort mit ihm sitzen und trinkt süß-bittere Getränke und redet mit ihm und lacht und schwebt irgendwann leicht angetrunken gelöst im vom Leben bebenden Raum. Erst als die Bar sich zu leeren beginnt und der Freund ihres jungen Bekannten hinzukommt, der sich notgedrungen auch mit einigen Fremden hat unterhalten müssen und nun erschöpft darauf drängt, nach Hause zu gehen, verabschiedet sie sich von ihm. Sie geht durch die dunklen leeren Straßen zum Bus zurück. Ihr Schritt hallt von den Hauswänden wider. Ganz still ist es ansonsten. Leicht und jung ist ihr Gang. Sie läuft wie auf der Oberfläche der Welt.

Wohl und warm ist ihr im Bus, der Abend wirkt in ihr nach. Feucht und kühl empfängt sie die Nachtluft, als sie an ihrer Haltestelle aussteigt. Sie betritt den Park und geht den breiten Weg in Richtung ihrer Straße entlang. Die Bäume rauschen im Wind, ihre Wipfel glänzen silbrig im Schein des Mondes. Ganz in der Nähe schreit eine Eule. Bevor der Weg eine Biegung macht und direkt zu der Straße führt, geht er durch ein Gebüsch aus ineinander verschlungenen, hohen Kiefersträuchern. Keine Laterne erhellt dort den Weg. Ganz fern ist jetzt die Stadt, und aus der anderen Richtung kommend war es keine Befreiung, den Park zu betreten. Die Häuser der Straßen auf beiden Seiten des Parks sind so nah, doch lässt das Rauschen des Windes in den Bäumen sie die Weite der Natur spüren. Von weit weg, unendlich weit weg kommt dieser Wind, der die Bäume so rauschen lässt. Sie ist ganz allein in dieser Weite. Die Erlebnisse, die Gefühle von heute entgleiten ihr. Es ist, als ob die Natur hier in ihrer Mitte in der Nacht nur ihren Körper und ihre Instinkte gelten lassen würde. Verlassen und ängstlich betritt sie die Finsternis des Weges durch das Gebüsch. Der Weg hindurch ist nicht lang, doch nimmt sie jeden Zentimeter überdeutlich wahr. Ganz eng schließt sich die Dunkelheit um sie. Plötzlich hört sie es neben sich rascheln, Zweige knacken. Dann sieht sie die Umrisse einer schwarzen Gestalt, die ganz nah bei ihr durch die Bäume huscht. Sie erstarrt vor Schreck. Noch enger schließt sich die Dunkelheit um sie. „Vielleicht schützt die Finsternis mich wie ein tarnender Mantel", denkt sie. Doch die Gestalt hat auch sie bemerkt. Keine Zweige knacken mehr, und plötzlich blickt sie in ein schwarzes Gesicht. Schwarzer

Stoff wölbt sich über seinen Zügen und lässt es zur Fratze werden. Sie sieht das Weiß der Augen im Mondlicht blitzen hinter dünnen Schlitzen. Dann streckt sich ihr eine schwarz behandschuhte Hand entgegen und fasst sie an der rechten Schulter. Der Griff ist hart und fest. Elektrisiert schreit sie auf. Mit aller Macht stößt sie die Gestalt von sich. Diese gibt einen kehligen Laut von sich, jetzt ist sie sich sicher, dass es ein Mann ist. Sein Atem streift ihre Wange. Er riecht süßlich, erdig, ein bisschen faul, vielleicht nach Tabak. Sie rennt so schnell sie kann den leuchtenden Laternen entgegen. „Gleich wird er wieder nach mir greifen", denkt sie, doch es geschieht nicht. Sie rennt immer weiter, bis zur Straße, bis zu ihrem Haus. Erst als das Gartentor hinter ihr ins Schloss gefallen ist, wagt sie es, sich umzublicken. Die Straße ist menschenleer. Die schwarze Gestalt ist verschwunden. Zitternd sucht sie ihren Schlüssel in ihrer Handtasche. Dann stürzt sie ins Haus, schlägt die Tür hinter sich zu und lehnt sich lange dagegen. Ihr Herz klopft wild. Ihr ist kalt innerlich, unendlich kalt.

Sie schläft kaum in dieser Nacht und ist zum ersten Mal froh, Herrn Hermann in der Küche zu hören, als sie am Morgen aufsteht. Sie geht hinunter, grüßt ihn im Vorbeigehen und holt die Post aus dem Briefkasten. Achtlos wirft sie sie auf den Küchentisch. Erst dann blickt sie ihm ins Gesicht. Sie hofft, er werde nicht nach dem gestrigen Abend fragen. Ernst und finster erwidert er ihren Blick. Er fragt nicht. Sie möchte sich gerne mit ihm unterhalten und blickt sich um nach einem Anknüpfungspunkt. „Die Einrichtung ist so neu, alles ist in so einem tollen Zustand", sagt sie schließlich. „Waren die Vormieter nicht oft hier?" Traurigkeit lässt das Dunkle in seinem Blick tief werden. „Doch, sie sind selten verreist", antwortet er. „Der Vermieter hat alles neu machen lassen, nachdem sie ausgezogen sind." Sie ist erstaunt. „So viel Aufwand für eine neue Mieterin?" „Es war an der Zeit. Er vermietet das Haus schon seit vielen Jahren", fügt er hinzu. Seine Traurigkeit und sein Ernst lassen sie verstummen. Sie wendet sich ab und beginnt, die Küche aufzuräumen. Er bleibt noch eine Weile an der Küchentheke stehen und fächert die

Briefe auf und wieder zu. Sie genießt seine Anwesenheit. Sie lauscht den Geräuschen, die er macht. Sein leises Atmen, das Knirschen seiner Lederstiefel, wenn er sich leicht bewegt, das Rascheln der Briefe. Sie stellt sich vor, er würde auch an sie denken in diesem Moment, so wie sie an ihn. Ganz langsam führt sie ihre Handgriffe aus, so langsam wie er sich bewegt. Auch er kann sich nicht lösen. Immer wieder runzelt er nachdenklich die Stirn. „Ich werde noch die Rosen schneiden und dann gehen und am Nachmittag wiederkommen", sagt er schließlich. „Nur zu", antwortet sie betont abwesend. Sie möchte sich nicht anmerken lassen, dass sie bedauert, dass er schon wieder geht.

Später räumt sie auch noch den Rest des Hauses auf. Die Herbstsonne hat durch die Fenster die Sofas gewärmt und nach dem Aufräumen setzt sie sich dorthin und liest die Zeitung. Danach döst sie ein wenig vor sich hin in der sonnigen Wärme. Die vom Schreck verdrängte Müdigkeit der letzten Nacht ergreift sie, doch sie sinkt nicht ganz in den Schlaf, sondern die Sonne lässt schöne Gedanken in ihrem

Kopf auf- und abtanzen. Sie stellt sich vor, dass ein Gartenfest in einer der Villen nebenan stattfinden wird. Eines Tages wird eine Einladung dazu mit rosa Rand in ihrem Briefkasten liegen. „Liebe Frau Schäfer, wir möchten sie ganz herzlich einladen zu unserer Gartenparty am Samstag, dem soundsovielten ab 17 Uhr. Über Ihr Erscheinen würden wir uns sehr freuen. UAwg. Ihre xy", würde dort stehen in geschnörkelter Schrift. Sie sieht sich mit einem weißen Seidenschal und einem Sektglas in der Hand im Garten dieser Villa neben einer langen Buffettafel stehen. Gläser klirren und helles Lachen und Musik ist zu hören. Von der Ferne prostet ihr Herr Lambert zu. Locker hebt sie die Hand zum Gruß, als ob er nur einer von vielen wären, die sie hier kennt. Bald kommt sie ins Gespräch mit verschiedenen Damen in leichten Sommerkleidern. Sie erzählt von ihrer Arbeit in der anderen Stadt, den Aussichten hier und ihrem Wunsch, in dieser Gegend einen ganz neuen Lebensabschnitt zu beginnen. Warm und herzlich reagieren die Damen darauf und fragen sie aus und bieten ihr an, sich jederzeit mit ihnen zu treffen.

Bis weit in die Nacht unterhält sie sich, lernt einen Gast nach dem anderen kennen. Ist beschwipst und euphorisch. Und am nächsten Morgen würde sie spüren, wie die Türen in der Straße sich für sie öffnen, wie die Stille verschwindet und die Vögel wieder zwitschern, die Menschen zu ihr kommen und alles wieder aufblühen wird in ihr. Ganz tief kuschelt sie sich in das Sofa und hofft und träumt.

Am Nachmittag steht sie kurz auf und kocht schwarzen Tee. Heiß und bitter mit einem Schuss Zitrone trinkt sie ihn auf dem Sofa aus einer Porzellantasse. Einzelne Krähen sitzen auf dem Rasen. Bald wird die Dämmerung kommen. Das Gartentor quietscht in den Angeln. Kurz darauf sieht sie Herrn Hermann festen Schrittes in den Garten gehen. Er hat einen Spaten in der Hand und geht zu dem hinteren Ende des Gartens, kurz vor die Tannen. Beiläufig nimmt sie es wahr und trinkt in kleinen Schlucken den Tee weiter. Erst als sie ein paar Minuten später in die Küche geht, um ein Glas Wasser zu holen, tritt ihr das Bild von Herrn Hermann mit dem Rücken zu ihr und dem Spaten in der Hand noch einmal deutlich vor

Augen, und sie setzt einen Gedanken hinzu, der ihr kurz zuvor nicht in den Sinn kam: „Hinten im Garten sind keine Beete." Sie runzelt die Stirn. Dann zieht sie ihre Strümpfe aus und öffnet leise die Terrassentür. Das vom Tau nasse Gras ist angenehm kühl und frisch. Das Haus zeichnet im Abendlicht einen großen, schwarzen Schatten auf die Wiese. Sie beeilt sich, aus ihm herauszutreten und versucht gleichzeitig, leise zu laufen. Erst kurz bevor sie Herrn Hermann erreicht hat, bemerkt er sie und dreht sich abrupt um. „Was ist?", fragt er hart und unfreundlich. Sie erschrickt kurz. Dann sagt sie betont höflich: „Ich habe mich nur gefragt, was Sie dort machen", und sie zeigt hinter ihn. Er fängt sich wieder. „Ich grabe um", sagt er mit gewohnt ernster Stimme. „An dieser Stelle?", entgegnet sie skeptisch. „Einfach so, den Rasen?" „Ja, das nennt man vertikutieren. Dabei wird der fruchtbare Boden, der unter der oberen, verbrauchten Schicht Erde liegt, nach oben geholt. Im nächsten Jahr wird dann der Rasen viel besser gedeihen", antwortet er. „Der Regen letzte Woche hat Gras weggeschwemmt und mir gezeigt, dass der Boden nicht mehr gut ist", fügt er hinzu. „Und das wollen Sie jetzt mit der ganzen Wiese machen?", fragt sie. „Ich denke ja, nach und nach." Er wird unruhig. Sie merkt es an seinem rechten Fuß, der immer wieder auf den Boden klopft. Während sie ihn so mustert, sieht sie etwas Blaues zwischen seinen Beinen aufblitzen. „Was ist das?", fragt sie wütend. Sie fühlt sich zum Narren gehalten. Er tritt ihr hart und schnell entgegen, fasst sie an beiden Armen und dreht sie um. „Bitte gehen Sie zum Haus zurück", sagt er fest und mit Erregung in der Stimme. Es gibt keinen Grund, ihm zu gehorchen, aber sie tut es dennoch. Vielleicht liegt es an seiner Berührung, die kräftig war und angenehm. Seinen warmen Atem hat sie sanft in ihrem Nacken gespürt. Stumm geht sie zum Haus zurück. Sie trinkt den kalten Tee aus und beobachtet ihn noch ein wenig. Doch bald ist es zu dunkel, und sie kann nur noch Umrisse erkennen. So geht sie zu Bett.

Der nächste Morgen ist regnerisch und trüb. Herr Hermann ist nicht da. Die Regentropfen, die gegen die Fensterscheiben klatschen, sind das einzige Geräusch im ganzen Haus. Nach dem Frühstück tritt sie kurz auf die Straße, um die Post zu holen. Es ist diesig, und auch dort herrscht menschenleere Stille. Doch plötzlich hört sie das Brummen eines Autos. Es ist der Wagen des Nachbarn, Herrn Lambert. Nachdem er an der gleichen Stelle geparkt hat wie vor drei Tagen und ausgestiegen ist, winkt sie ihm freudig zu. „Hallo, hallo", ruft sie. Erst hört er sie nicht, dann dreht er sich um. „Hallo, Frau Schäfer", ruft er zurück und lacht. „Da habe ich doch wohl zu viel versprochen, was das Wetter betrifft." Und er hebt die Arme und den Kopf gen Himmel und verdreht die Augen. „Dabei habe ich wirklich ein gutes Wort für Sie eingelegt." „Ach, das macht nichts", ruft sie fröhlich zurück. „Ein bisschen Abwechslung ist auch gut." „Haben Sie sich denn inzwischen gut eingelebt?", fragt er freundlich. Sie zögert, ein Schatten huscht über ihr Gesicht. Sie meint zu sehen, wie er sich kurz verkrampft. Aber sie ist sich nicht sicher, ob er nicht nur unbequem steht, denn er beginnt gleich darauf, vor ihr auf und ab zu gehen, während er sie weiter aufmerksam anschaut. „Ja, doch, es ist ein interessanter Ort. Ich habe es mir zwar irgendwie anders vorgestellt, aber das ist ja meistens so. Und irgendwann weiß man gar nicht mehr, was man eigentlich erwartet hatte", antwortet sie schließlich und wählt ihre Worte mit Bedacht. „Das klingt doch gut. Jeder Ort hält etwas bereit für einen. Man muss es nur suchen. Und wenn es nur die Botschaft ist, wieder aufzubrechen und einen neuen Weg einzuschlagen", antwortet er nachdenklich und lächelt scheu. Sie lächelt zurück. Sie teilen etwas in diesem Moment. Sie kann nicht genau sagen, was es ist, aber es hat etwas mit Verlust, mit Zweifeln und mit Angst zu tun. Sie ist froh, dass es unausgesprochen bleibt und froh, dass dieser gutgelaunte junge Mann, der es gar nicht nötig hätte, sich zu öffnen, sie ein wenig in seine Nähe gelassen hat. „Ich werde es versuchen", sagt sie zuletzt. „Und ich wünsche Ihnen einen schönen Tag!" „Danke!", antwortet er mit Inbrunst und klingt sehr ehrlich dabei. Dann geht er zu seinem Haus. Sie lächelt wieder gedankenverloren und atmet dann tief ein. Kühl und frisch vom Regen ist die Luft.

Sie geht wieder in das Haus hinein. Drinnen fällt ihr auf, dass sie noch gar nicht die Post vom Vortag geöffnet hat. Die Briefe liegen noch immer aufgefächert auf der Theke. Einer ist ein bisschen hervorgezogen. Instinktiv greift sie nach ihm. Er hat keine Briefmarke und keinen Absender. Nur „An Frau Schäfer" steht auf ihm mit Druckbuchstaben geschrieben. „Es wird doch wohl keine Einladung sein?", fragt sie sich ungläubig. Vorfreude gluckst in ihrem Bauch. Sie öffnet ihn vorsichtig, ein zusammengefalteter Zeitungsartikel fällt heraus. Sie schaut in den Umschlag hinein, nichts weiter ist darin. Enttäuscht faltet sie den Artikel auseinander und liest:

„Mysteriöser Mord in Berlin

Bis heute ungeklärt ist der Mord an der 30-jährigen Sabine L. Im August diesen Jahres wurde sie in ihrem Schlafzimmer brutal erstochen. Ihr Freund Norbert B., der mit ihr das Haus im Lindenweg 10 bewohnte, soll nach Angaben von Zeugen in dieser Nacht bei ihr gewesen sein. Er ist aber seit der Tat verschwunden und gilt daher als dringend tatverdächtig.

Einige Tage später wurde er am Frankfurter Flughafen gesichtet, konnte aber nicht gefasst werden. Seitdem verläuft sich seine Spur. Allerdings steht seiner Täterschaft ein kriminologisches Gutachten entgegen, wonach auf dem Schlafzimmerteppich Haare gefunden wurden, deren DNA weder ihm noch dem Opfer zugeordnet werden konnten. Es war bisher nicht möglich, die dazugehörige Person zu identifizieren. Die Polizei nimmt nach wie vor gerne Hinweise entgegen…"

Rechts oben auf dem Zeitungsausschnitt steht ein Datum des vergangenen Jahres. Frau Schäfer ist blass geworden. „Das Haus", denkt sie immer wieder, „dieses Haus ist das Haus Nr.10 im Lindenweg. Das Schlafzimmer, mein Schlafzimmer, ist das Zimmer, in dem Sabine L. ermordet wurde." Sie atmet tief ein, aber sie bekommt nicht richtig Luft. Bleierne Schwere lastet auf ihrer Brust. Plötzlich begreift sie, warum es in der Straße so still ist. Es ist, als ob das Wissen um die Tat den Ort vergiftet hätte. Und niemand hat sich getraut, es ihr zu sagen, selbst Herr Hermann nicht. „Und warum jetzt so plötzlich?

Wer hat mir diesen Artikel gebracht?" Sie weiß keine Antwort auf diese Frage. Sie weiß nur, dass dieses Haus niemals ihr Zuhause sein wird. Und ihr Wissen um die Tat beginnt nun auch, seine giftige Wirkung zu entfalten.

Langsam zieht sich das Leben, das sie mitgebracht hat, die fragile, bereits erschütterte, aber wieder zurückgekehrte Geborgenheit aus den Räumen zurück. Verschwindet wie das Wasser bei Ebbe, angezogen vom jetzt bei Tage unsichtbaren Mond. Die Wände sind nicht mehr schützend, sondern hart und feindlich. Der Himmel ist inzwischen aufgeklart. Helles, grelles Licht fällt in die Küche und in das Wohnzimmer. Kalt erleuchtet es die zurückgebliebene, seelenlose Leere. Sie fühlt sich krank und ist plötzlich auch unendlich wütend. Hart schlägt sie mit der geballten Faust auf den Küchentisch. „Verdammt!", entfährt es ihr. „Ich habe mich so bemüht, meinem neuen Zuhause etwas abzugewinnen, zurück ins Leben zu finden", denkt sie. „Alles war umsonst!" Dann schämt sie sich, dass sie nur an sich denkt. Und als die Fiebrigkeit und die Wut sich ein wenig gelegt haben, ist sie auch irgendwie erleichtert. Erleichtert, dass ihr Instinkt sie nicht betrogen hat, erleichtert, dass sie jetzt einen handfesten Grund hat, diesem Ort und seinen Bedrohungen zu entfliehen.

In den kommenden Stunden bewegt sie sich rastlos hin und her. Sie fürchtet, dass sobald sie innehält und sich innerlich fallenlässt zur Entspannung, wie sie es so gerne tut, sie hart aufschlagen, Schmerzen und Angst haben wird. Sie ruft den Vermieter an und fragt, bis wann sie kündigen kann. „3 Monate Kündigungsfrist. Das müssten Sie eigentlich wissen, Frau Schäfer", sagt er herablassend. „Schon gut, morgen haben Sie die Kündigung auf dem Tisch." Verärgert knallt sie den Hörer auf die Gabel. Am Computer schreibt sie den Brief. Das Küchenfenster ist halb geöffnet, und beim Tippen hört sie die restliche, ungeöffnete Post rascheln im Luftzug. Ganz genau hört sie hin und freut sich über das einfache, unschuldige Geräusch. Nichts anderes möchte sie jetzt hier mehr hören oder sehen. Ihr graut vor dem Abend. Ihr graut vor der Nacht. Später holt sie ihre Bettdecke und das Kissen aus dem Schlafzimmer. Ganz schnell ist sie hineingerannt und hat die beiden Dinge gegriffen, wie ein Kind, das durch einen dunklen Flur muss und sich ganz sicher ist, dass hinter ihm in der Dunkelheit jemand lauert. Jedes Knacken im Haus lässt sie zusammenzucken. Die Wände blicken sie an wie stumme Zeugen. „Was haben sie nur gesehen?", fragt sie sich schaudernd. Früh löscht sie das Licht und legt sich auf das Sofa. Im Mondlicht schimmern die weißen Möbel hell. „Wie künstliche, neue Zähne in einem alten und faulen Gebiss", denkt sie. „Ich möchte diesen Schlund verlassen." Dies sind ihre letzten Gedanken, bevor sie einschläft.

Am nächsten Morgen weckt sie schon früh Herr Hermann, als er das Haus betritt. Er blickt nicht zu ihr hinüber. Eilig geht er hinaus in den Garten. Sie rafft die Decke und das Kissen zusammen und huscht nach oben. Später am Vormittag steht sie in der Küche und beobachtet ihn, um sich abzulenken. Wieder gräbt er an der Stelle, an der sie ihn vorgestern zur Rede gestellt hat. Sie trinkt ein Glas Orangensaft. Er schmeckt säuerlich, ist kurz davor zu kippen. Als sie fahrig die Post auf dem Küchentisch hin- und herschiebt, bemerkt sie, dass der Umschlag mit dem Zeitungsartikel fehlt. Für einen kurzen, fiebrigen Augenblick denkt sie, dass sie sich den Brief nur eingebildet hat. „Es ist die Angst", sagt sie sich, „die spielen will mit meiner Phantasie, um sich selbst zu vergessen." Doch dann sieht sie den Artikel, die Druckbuchstaben, die ungeraden, mit einer Schere geschnittenen Ränder so deutlich vor sich, dass die Zweifel verfliegen. Und die kalten Wände, der tote, leere Raum sagen ihr, dass dies kein Spiel der Phantasie sein kann. Gerne würde sie Herrn Hermann fragen, ob er den Brief genommen hat, doch sie traut sich nicht. Seine Schwere kann sie nicht auch noch ertragen. Gegen Mittag kommt er kurz herein, um eine Blumenspritze aus dem Keller zu holen. „Ich werde mich jetzt um die Beete kümmern", sagt er ungewohnt schnell und schaut sie dabei nicht an. „Bitte, bitte", antwortet sie bitter. Dann geht sie hinaus auf die Straße und in den Park, um die Kündigung zu verschicken.

Der Spaziergang schenkt ihr ein wenig Linderung. Feuerrot und leuchtend gelb und warm orange sind nun die Blätter. Sie beobachtet zwei spielende Hunde. Sie hebt einen Ast auf, dessen Rinde sich aufgrund der Feuchtigkeit wellt. Sie zieht sie ab ein Stück. Glanz blank und glatt ist das Holz des Astes darunter. Wieder denkt sie, „Wie gut die Natur sich doch selber schützt. Wie beruhigend das ist. " Dann holt sie aus und wirft den Ast über die Köpfe der Hunde hinweg weit den Hügel hinab. Freudig kleffend hechten sie ihm hinterher. Der Weg ist matschig vom Regen. Es macht ihr Spaß, mit ihren Gummistiefeln hindurch zu waten.

Am Nachmittag beobachtet sie Herrn Hermann beim Aufrollen des Gartenschlauches. Irgendwann verschwindet er neben dem Haus. Erst viel später, in der beginnenden Dunkelheit, fällt ihr das Ende eines Gedankens ein, den sie in diesem Moment zu denken begonnen hat, der dann aber abgerissen ist, durchtrennt durch die stetigen, düsteren Gedanken, die das Haus ihr einhaucht. „Ich habe das Tor gar nicht zuschlagen hören", denkt sie, „nachdem er um das Haus herumgegangen ist."

Da schlägt das Tor plötzlich hart zu. Sie lauscht, sie hört federnde Schritte, doch diese Schritte entfernen sich nicht, sie nähern sich dem Haus. Das eben Gedachte entgleitet ihr wieder. Dann klingelt es an der Tür. Sie erschrickt, starrt die Tür einen Augenblick an, versucht zu spüren, wer auf der anderen Seite steht, aber sie fühlt nichts als angespannte Leere. Sie öffnet die Tür und steht Herrn Lambert gegenüber. Er strahlt sie an und hält eine Flasche Wein in der linken Hand. Mit der rechten schüttelt er ihre spontan. „Hallo, Frau Schäfer. Ich dachte, ich überrasche Sie mal. Sie vereinsamen ja sonst völlig. Ständig sehe ich diesen finsteren Herrn Hermann bei Ihnen. Das ist ja schrecklich." Ungewollt muss sie kurz lächeln. „Oh, hallo", sagt sie dann schwach. Er sprüht nur so vor guter Laune, und sie schämt sich, dass er sie in so einem verängstigten Zustand antrifft. Gerne würde sie sich verkriechen, aber die Aussicht, wieder allein in dem Haus zu sein, ist noch viel schlimmer. Und so bittet sie ihn hinein. Sie entkorkt die Flasche Wein umständlich und gießt ihnen beiden ein Glas ein. „Na dann, auf einen schönen Abend!" sagt sie und stößt mit ihm an. Ihre Stimme zittert ein wenig, aber er scheint es nicht zu bemerken. „Ja und auf Sie!", entgegnet er fröhlich. Sie unterhalten sich kurz über den Wein, er hat ihn mitgebracht von einer Reise nach Frankreich. Doch schon bald springt er von dem Barhocker an der Küchentheke auf und läuft umher. „Das gefällt mir hier, die Einrichtung, wirklich. Ich hatte es gar nicht so chic in Erinnerung", sagt er begeistert. „Sie waren schon einmal hier?", fragt sie erstaunt. Er hält kurz inne und blickt sie sehr offen und kindlich an. Er scheint selber zu überlegen, ob dies wohl stimmt. „Ja", sagt er schließlich und nickt dazu. „Ihre Vormieter haben mich manchmal eingeladen." „Achso", erwidert sie kurz. Es gefällt ihr nicht, dass er dies so unbefangen ausspricht.

Er setzt seine Besichtigung fort, tritt kurz auf die Terrasse und fragt dann, ob er auch den 1.Stock sehen dürfe. „Ich interessiere mich für Inneneinrichtungen, wissen Sie. Ich habe ein Jahr gebraucht, bis ich mein Haus fertig eingerichtet hatte. So viel habe ich über den Stil nachgedacht." Sie zieht die Augenbrauen hoch. Sie hat keinen Sinn für Luxus. Dann zuckt sie mit den Achseln. „Von mir aus", sagt sie gleichgültig und ein bisschen müde. Heute will sich seine gute Laune einfach nicht auf sie übertragen. So gehen sie hinauf. Sie zeigt ihm erst das kleine Arbeitszimmer, die Kammer und dann das Gästezimmer. Sie zögert, in ihr Schlafzimmer zu gehen, doch er bleibt davor stehen und macht keine Anstalten, die Treppe wieder hinunterzugehen, obwohl sie demonstrativ nach dem Treppengeländer greift. Da seufzt sie und öffnet die Tür. Er ist überrascht über die blaue Einrichtung. „Oh, das ist aber reizend!", ruft er aus. Sie verschränkt die Arme vor der Brust und blickt ihn ernst an. Sie steht ihm gegenüber. Hinter ihr ist das Bett. Sie findet ihn geschmacklos.

Plötzlich tritt er mit einem schnellen Schritt auf sie zu. Sein begeistertes Lächeln spielt dabei noch immer um seine Lippen. Aus der Bewegung heraus stößt er sie mit der rechten Hand fest um, so dass sie rücklings auf das Bett fällt.

Ungläubig und erstaunt schaut sie zu ihm hoch. Sie ist zu überrascht, um etwas sagen zu können. Er lächelt noch immer, doch es ist, als ob der Stoß eine glatte, weiße Oberfläche aufgerissen hätte, die ihn umgab, und dahinter, in seinen Augen und in seinem Blick, ist Leere und flackernder Hass und Verachtung. Er kniet sich auf das Bett und kniet sich über sie. „Ich habe Dich gewarnt", stößt er hervor. Er atmet schwer. Sein Atem ist süßlich und erdig und ein wenig faul. Sie verzieht das Gesicht zu einem stummen Schrei. Gelähmt und wie in Zeitlupe beobachtet sie, wie er aus einer Hosentasche ein Messer zieht und sich über ihr aufbäumt. Die silberne Klinge sieht verschwommen aus im schummrigen Licht, wie etwas Weiches. „So ähnlich", denkt sie im Bruchteil einer Sekunde, „so ähnlich wie dieser silberne Türknauf an der Badezimmertür, dort rechts in meinem Augenwinkel. Dieser Türknauf, der auch so verschwommen ist, der sich dreht."

Und dann ist alles eine Bewegung. Die Badezimmertür, die aufschwingt und hart gegen die Wand knallt, Herr Hermann, der herausstürzt und Herrn Lambert kurz innehalten lässt, die durch die Luft zischende geballte Faust, mit der Herr Hermann Herrn Lambert das Messer aus der Hand schlägt, der Griff, mit dem er Herrn Lamberts Arme hinter dessen Rücken zieht und der Stoß mit dem Knie, mit dem er ihn flach auf das Bett wirft. Gerade noch rechtzeitig kann Frau Schäfer sich zur Seite rollen, so dass er nicht auf sie fällt. „Gehen Sie nach unten und rufen Sie die Polizei", sagt Herr Hermann so fest und ernst wie immer zu ihr, während er auf Herrn Lambert kniet. Sie gehorcht. Sie geht hinunter, wählt die Nummer der Polizei und schildert den Vorfall. Dann öffnet sie das Küchenfenster. Sie möchte nicht wieder hinauf gehen. Die Nachtluft kühlt ihr Gesicht. Sie fragt sich, wo die inneren Zweifel und die Angst geblieben sind, die sie bei Herrn Lambert vor kurzem gespürt hat. Vielleicht aufgefressen, niedergebrannt von dieser Flamme des Wahnsinns, die sie kurz in seinen Augen hat grell flackern sehen. Traurigkeit mischt sich unter ihre Aufregung.

Irgendwann trifft die Polizei ein. Die Polizeibeamten sprechen lange mit Herrn Hermann und führen dann Herrn Lambert in Handschellen ab. Sie schaut nicht hin. Sie dreht sich nicht um. Sie bleibt mit dem Gesicht zum Fenster gewandt unbewegt stehen. Die rechte Hand hat sie gegen die kühle Fensterscheibe gelegt so, als wolle sie stumm anklagen. Nachdem die Polizeibeamten mit ihm verschwunden sind und das Gartentor quietschend zugefallen ist, öffnet sich die Haustür und sie hört die festen Schritte von Herrn Hermann auf sie zukommen. Als er bei ihr ist, umfasst er mit seinen Händen ihre beiden Schultern, wie an dem Abend, an dem sie ihn im Garten mit dem Spaten überrascht hat. Dieses Mal dreht er sie zu sich um und blickt sie an. So bewegt hat sie ihn noch nie gesehen.

„Es tut mir so leid. Es ist meine Schuld, dass es so weit gekommen ist", beginnt er und blickt sie flehentlich an. Steif steht sie da, doch ihre Augen erwidern seinen Blick offen und fragend, so dass er fortfährt: „Ich habe nie geglaubt, dass der Freund von Sabine Lenz sie getötet hat. Ich habe schon damals hier gearbeitet, und ich mochte sie sehr und mehr als das." Bei den letzten Worten bricht seine Stimme ein wenig, doch er fängt sich sogleich. „Wenn man so für jemanden empfindet, dann spürt man, wem es genauso geht. Ihr Freund hat sie sehr geliebt und hätte ihr niemals etwas angetan. Die Frage, wer wohl für ihren Tod verantwortlich ist, hat mich nie in Ruhe gelassen. Der Vermieter hat mir nach dem Unglück angeboten, meinen Arbeitsvertag zu lösen, aber ich wollte hierbleiben und auf eine Antwort warten." Er hält kurz inne und holt tief Luft. Weiter hält er ihre Schultern fest umfasst. Sie beginnt, sich hinein zu lehnen in seine Arme. Sie möchte so gerne ein bisschen gehalten werden. Sie ist so unendlich erschöpft. Sanft hält er sie fest. "Ich begann zu ahnen, dass wieder etwas geschehen würde, als sie mir erzählten, dass Sie in der Nacht jemanden im Flur gehört haben. Ich habe daraufhin das Schloss der Haustür untersucht und festgestellt, dass es mit einem Werkzeug geöffnet worden ist. Dann habe ich vor einigen Tagen beobachtet, wie Herr Lambert einen Umschlag in ihren Briefkasten warf. Als ich den

Zeitungsartikel auf dem Küchentisch liegen sah, habe ich ihn zum ersten Mal verdächtigt. Niemand hier in der Straße wollte, dass Sie von der Tat erfahren. Es war schon seltsam genug, dass der Eigentümer das Haus behalten hat und weitervermieten wollte. Warum sollte Herr Lambert es Sie wissen lassen, wenn nicht, um Sie vor ihm zu schützen?" Frau Schäfer runzelt die Stirn. „Wieso kann er sich nicht vor sich selber schützen?", wirft sie verärgert ein, obwohl ihr Blick in seine irren Augen dort oben im Schlafzimmer ihr diese Frage schon längst beantwortet hat. „Das weiß ich nicht", antwortet er. „Aber nachdem ich Verdacht geschöpft hatte, habe ich den Artikel als Beweisstück an mich genommen und angefangen, das Haus noch einmal auf Spuren zu durchsuchen. Im Keller fand ich blaue Müllsäcke, obwohl hier für die Tonnen gar keine Säcke verwendet werden. Dann habe ich mich daran erinnert, dass an einer Stelle im Garten der Rasen seit dem letzten Jahr so schlecht gedeiht. Deshalb habe ich dort gegraben. Und ich fand dort einen blauen Müllsack mit der Leiche von Norbert Brückner, dem Freund von Sabine Lenz." Entsetzt blickt Frau Schäfer ihn an, nickt dann aber sogleich dazu, wie um zu sagen, dass er trotzdem weitersprechen soll. „Ich hätte es gleich der Polizei melden sollen", fährt Herr Hermann fort, „aber ich dachte, dass Herr Lambert dann verschwindet und nie gefasst werden wird. Ich wollte so gerne, dass Sabines Mörder überführt wird. Ich habe versucht, Sie immer im Auge zu behalten, um Sie im Notfall schützen zu können. Heute Nachmittag hatte ich eine Vorahnung, als ich Herrn Lambert vom Garten aus auf der Straße neben seinem Auto stehen und regungslos mindestens zehn Minuten lang das Haus anstarren sah. Er zitterte und umfasste immer wieder krampfhaft mit der rechten Hand das linke Handgelenk und umgekehrt, so als wolle er sich selber fesseln. Deshalb bin ich am Abend nicht nach Hause gegangen, sondern bin über die Tür im Souterrain neben der Haustür, die zum Keller führt, in den Keller gegangen, über die kleine Hintertreppe hinauf zur Kammer und habe mich im Badezimmer versteckt. Es tut mir sehr, sehr leid, dass ich Sie in so eine gefährliche Situation gebracht habe." Sie lockert sich ein wenig aus seinem Griff. Er seufzt traurig. Er hat keine wirkliche Entschuldigung dafür. „Aber warum hat Herr Lambert Sabine Lenz und Norbert Brückner erstochen, und warum wollte er mich töten? Ich verstehe das nicht", entgegnet sie mit Trotz in der Stimme. „Ich weiß es nicht", antwortet er ruhig und ernst und blickt sie dabei dankbar an dafür, dass sie ihm keine Vorwürfe macht. „Ich habe recherchiert und herausgefunden, dass vor 25 Jahren schon einmal ein Mord in diesem Haus verübt worden ist. Vielleicht wird er gestehen."

Und dies tat er auch. Im Antrag der Staatsanwaltschaft auf Sicherungsverwahrung stand geschrieben: „Der Beschuldigte Lambert leidet unter einem frühkindlichen Trauma, ausgelöst durch den Mord an seinem Vater durch dessen Lebensgefährtin im Affekt, den er im Alter von fünf Jahren im Schlafzimmer der Eltern beobachtet hat. Seine Mutter war bereits einige Jahre zuvor nach einer schweren Krankheit verstorben. Er hatte auch sonst keine nahen Verwandten mehr, die bereit gewesen wären, ihn aufzunehmen, und wuchs daher nach der Tat in einer öffentlichen Einrichtung auf. Nach eigenen Angaben, die von dem beauftragten psychatrischen Gutachter als glaubwürdig und typisch für das Krankheitsbild eingestuft wurden, entwickelte er mit zunehmendem Alter den Wunsch, den Vater und sich zu rächen. Die Täterin starb vor vielen Jahren im Gefängnis, ohne dass er sie hatte wiedersehen können. Stetig schwelte in ihm weiter der Wunsch, an der gleichen Stelle, an der sie gemordet hatte, eine Frau zu töten. Obwohl er sich der Irrationalität und Verwerflichkeit dieses Wunsches bewusst war, konnte er nie dauerhaft dagegen ankämpfen und wurde immer wieder davon in die Nähe seines alten Elternhauses zurückgezogen.

Nach dem ersten Mord an der Geschädigten Lenz, der ihm auch aufgrund der Übereinstimmung seiner DNA mit den damals im Schlafzimmer gefundenen Haaren nachgewiesen werden konnte, tötete er deren Freund, um den Verdacht auf ihn zu lenken. Seine Leiche wurde von dem Zeugen Hermann vergraben im Garten des Hauses gefunden und weist ebenfalls DNA Spuren des Beschuldigten auf. Er nahm vorübergehend die Identität des Geschädigten Brückner an, verkleidete sich und reiste unter dessen Namen und mit seinem Pass nach Australien. Von dort kehrte er unter eigenem Namen nach Deutschland zurück. Die Tat hat ihm nach eigenen Angaben nicht die Genugtuung und den Frieden verschafft, den er sich erhofft hatte. Er wurde nach wie vor heimgesucht von dem Wunsch, den Mord an seinem Vater symbolisch zu rächen, um wiedergutzumachen, dass er ihm damals nicht hat helfen können, und um jemanden dafür zu bestrafen, dass er seinen Vater und sein Zuhause verloren hat.

Er lehnte es zwar immer ab, professionelle Hilfe in Anspruch zu nehmen, hat es aber im Laufe der Jahre geschafft, eine gewisse Kontrolle und ein Bewusstsein seiner Besessenheit zu entwickeln, so dass er nach dem Einzug der Geschädigten Schäfer in das Elternhaus versuchte, sie zu schützen und dazu zu bewegen, das Haus wieder zu verlassen. So drang er nach eigenen Angaben einmal bei Nacht gewaltsam in das Haus ein, um sie zu erschrecken, und stellte ihr des Weiteren bei Nacht im Park vermummt nach. Zudem ließ er ihr anonym einen Zeitungsartikel über seinen ersten Mord zukommen. Doch die Geschädigte Schäfer reagierte auf die Warnungen nicht schnell genug, so dass er am Abend des 11.Oktober wieder seiner Versuchung erlag und versuchte, sie zu töten...

Die psychische Störung des Beschuldigten ist derart, dass er als schuldunfähig einzustufen ist."

Am Abend vor ihrer Abreise tritt Frau Schäfer ein letztes Mal auf die Terrasse. Es ist kalt geworden. Der Rasen ist von dünnem Frost überzogen. Das Taxi ist gerufen, die Koffer sind gepackt. Morgen wird sie in ihre Heimatstadt zurückfliegen. Sie blickt hinauf zum Himmel. Es ist Vollmond. Dunkelblau wölbt sich der Himmel über ihr. Nur das weiche Licht des Mondes deutet darauf hin, dass er jederzeit aufreißen und sein grelles Antlitz zeigen kann, dessen unbegreifliche Bedrohlichkeit allein daran liegt, dass sein Wesen nichts ist. „Vielleicht ist es auch bei einer verletzten Seele so", denkt sie,

„dass dort anstelle von Etwas das hungrige, gefährliche Nichts tritt." Doch schnell wischt sie den Gedanken wieder beiseite und dreht sich um. Instinktiv fasst sie sich dabei an den Nacken, dorthin, wo sie den Atem von Herrn Hermann gespürt hat, so warm und sanft, an dem Abend, als sie auf seinen Wunsch hin zum Haus zurückging. Er hat ihr zum Abschied versprochen, sie ab und zu in ihrer neuen Wohnung am Abend anzurufen und ihr eine gute Nacht zu wünschen, damit sie sich wohl fühlt und geschützt.

Als sie am nächsten Morgen in das Taxi steigt und tief und rauh „Zum Flughafen, bitte" zum Fahrer sagt, denkt sie, dass es dieses Mal ein Fremder war, der dieses Ziel ihr auferlegt hat, und fühlt sich plötzlich voller Zuversicht und ganz bereit für einen neuen Schritt zurück ins Leben.

Maskenball

Türkisblau und manchmal flaschengrün floss das Wasser durch die Kanäle der Lagunenstadt. Der Himmel war weißgrau bis hellblau und verhangen wie milchiges Glas. Die Gondeln sahen aus wie Schiffchen gefaltet aus schwarzem Papier, die ein Kind auf das Wasser gesetzt hatte, bevor es die Pfähle am Ufer mal rot, mal blau gestreift angemalt hat wie Zuckerstangen. Die Fassaden der Palazzi am Canal Grande schimmerten verhalten weiß, pastellen rosa und orange im aufziehenden Nebel wie die verblassenden Farben eines alten Gemäldes. Menschen eilten durch die Straßen mit Masken und Federschmuck unter dem Arm. Der rosa Dogenpalast, der einen Spitzenrock zu tragen schien, leuchtete am Abend im Schein der Laternen weiß, so als ob er sich für einen großen Auftritt pudern würde. Der geflügelte Löwe aus dem Uhrturm schaute gelassen auf die Stadt. Er hatte seine Verkleidung schon.

Es war Winter in Venedig, und der Karneval begann. Doch die stille Freude auf das Fest täuschte. Seit Wochen erschütterte eine Serie von unerklärlichen Selbstmorden das Gemüt der Stadt. Zumeist waren es bekannte, angesehene Leute. Ein erfolgreicher Banker hatte sich erhängt, bis heute rätselte seine Familie warum. Ein Lokalpolitiker hatte sich scheinbar grundlos erschossen, und die Inhaberin eines Geschäfts, in dem Muranoglas angeboten wurde, hatte sich zwei Wochen nach ihrer Hochzeit mit einer Scherbe in der Badewanne die Pulsadern aufgeschnitten. Manche Menschen berichteten davon, dass sie eine schwarz vermummte Gestalt durch die Straßen hätten laufen sehen, und die Kinder raunten sich in den Gassen hinter vorgehaltener Hand zu, während ihnen ein wohliger Schauer über den Rücken lief: „Dreh Dich nicht um, der schwarze Mann geht um!"

Zu dieser Zeit war auch Maria Vecci, eine berühmte Opernsängerin, in der Stadt. Sie lag auf einer mit dunkelrotem Samt bezogenen Chaise Longue aus weiß bemalten, geschwungenem Holz in ihrer Suite im Hotel Danieli und trank mit kleinen Schlucken einen Espresso, den sie sich hatte bringen lassen. In der linken Hand hielt sie eine Partitur. Heute Abend würde die Premiere von Rigoletto sein, gefolgt von einem Ball im Foyer des Teatros La Fenice. Sie sang die Gilda. Es war eine ihrer Lieblingsrollen, und sie freute sich auf die Vorstellung. Die Vorhänge vor dem halb geöffneten Fenster bauschten sich, als ein kühler Luftzug von draußen durch das Zimmer strich. Sie stand auf, um das Fenster zu schließen. Das Wasser des Kanals unter dem Fenster platschte gemächlich gegen die Hauswand. Es saugte und schmatzte, so als ob es sich ganz besonders satt die Lippen schlecken würde. Plötzlich nervös trommelte Maria mit den Fingern auf der Fensterbank. Da sah sie auf der anderen Seite des schmalen Kanals in der Gasse, die von ihm wegführte, eine Person. Der Haltung und der Figur nach schien es ein Mann zu sein. Er trug ein blaues Harlekinskostüm und eine weiße Maske mit schwarzen Augen, rot geschminkten Lippen und einem Kopfschmuck aus blauen und lila Federn. Er bewegte sich nicht, sondern schien seinen Blick direkt auf das Fenster zu richten, in dem Maria stand. Sie fröstelte. Mit einer ungewohnt heftigen Bewegung schlug sie das Fenster zu, drehte sich abrupt um und lehnte sich gegen das Fensterkreuz, ihre Hände umklammerten zitternd von hinten die Fensterbank, wie um dem stummen Betrachter zu zeigen, dass es nichts zu sehen gab. Sie war es gewohnt beobachtet zu werden. Sie war gewöhnt an die Paparazzi auf der Straße und an die Blicke des Publikums Theater. Doch dieser Blick war anders gewesen. Die Maske verbarg seine Natur. Die Ungewissheit öffnete mit einem silbernen Schlüssel die Tür zu einem dunklen Raum in ihr. Fahrig strich sie sich das Haar zurecht und ging zurück zu der Chaise Longue. Doch ihre Ruhe war dahin. Eine Stunde später stand sie auf, zog ein fliederfarbenes Abendkleid aus Chiffon an, nahm ihren Mantel und griff, kurz bevor sie das Licht in der Suite löschte, nach der Maske, die auf dem Sekretär lag. Fast hätte sie sie vergessen. Sie war auch weiß und geschmückt mit lila und fliederfarbenen Federn. Die Tür fiel hinter ihr zu. Sie eilte die Treppe hinunter, der flauschige Teppich verschluckte ihre Schritte, ins Foyer und auf die Uferpromenade hinaus, wo schon ein Vaporetto auf sie wartete.

Zur gleichen Zeit stand in einer dunklen Nische an eine Haustür gelehnt am Fuß der Rialtobrücke eine schwarz gekleidete Gestalt. Auf dem Kopf trug er eine Mütze und im Gesicht eine große, schwarze Sonnenbrille. Nur sein markantes Kinn und seine spitze Nase konnte man sehen. Nach ein paar Minuten kam ein Mann in einem grauen Nadelstreifenanzug und mit einem kleinen Aktenkoffer in der Hand die Stufen der Rialtobrücke hinuntergelaufen. Nachdem er den Hauseingang, in dem der schwarz gekleidete Mann wartete, passiert hatte, nahm dieser die Verfolgung auf. Er ging immer ein paar Meter hinter ihm und folgte ihm durch ein Gewirr von Gassen bis zum Campo Manin. In einer kleinen Gasse, die von dem Platz abbog, schloss er plötzlich zu dem

Mann im Nadelstreifenanzug auf, beugte sich vor und flüsterte ihm etwas ins Ohr. Dieser lief zuerst rot an, wurde dann leichenblass und zischte schließlich: „Was fällt Ihnen ein?" Dann eilte er davon. Niemand hatte diesen kurzen Wortwechsel bemerkt. Der schwarz gekleidete Mann drehte sich um und ging selber davon. Doch als er möglichst unbemerkt am Rand den Platz überqueren wollte, blieb er am Wagen eines Früchte- und Getränkeverkäufers hängen. Sein schwarzer Mantel riss, und dahinter schimmerte dunkelblauer Stoff hindurch.

Donnernd umgab der Applaus Marias zarte Gestalt. Die Blumen im Arm, die auf die Bühne geworfen worden waren, verbeugte sie sich immer und immer wieder. Die Anspannung war von ihr abgefallen. Erleichterung darüber, dass die Premiere gelungen war, machte sich in ihr breit. Nach dem zehnten Vorhang verließ sie die Bühne und ging in ihre Garderobe. Die Glühbirnen über dem Spiegel ließen ihr Gesicht gespenstisch weiß aussehen. „Fast so weiß wie die Maske", dachte sie und plötzlich fiel ihr der verkleidete Mann vom Nachmittag wieder ein. Die Erleichterung und die Zufriedenheit über den Erfolg wichen einer erneuten Unruhe. Fluchtartig verließ sie die Garderobe mit ihrer Maske in der

Hand. Im Foyer spielte bereits die Musik, das Licht war gedämpft, der Maskenball hatte begonnen. Sie schob ihre Maske vor das Gesicht. Es gefiel ihr, dass man ihr Gesicht nicht sah. Mit dem Ruhm kam die Eitelkeit, und sie ertappte sich oft dabei, wie sie Bilder von sich in Hochglanzmagazinen suchte, nur um dann erschreckt die Hände vor das Gesicht zu schlagen. Ihre Freunde sagten: „Solche Probleme möchte ich auch mal haben", und schüttelten den Kopf dazu. Jetzt kam sie gar nicht in die Versuchung, darüber nachzudenken, wie sie wohl aussah, und war ganz bei sich.

Sie schlenderte durch das zum Ballsaal umfunktionierte Foyer. Die Wände waren mit einer zart rosa Seidentapete bespannt, in die ein Blumenmuster in einem einen Hauch tieferen Rosaton eingewebt war. An den Wänden hingen Wandleuchter wie ehedem Kerzenleuchter, und sie wurden ab und an von einem Spiegel und von den Flügeltüren, die zum Zuschauerraum führten, unterbrochen. Von der Decke herab hing ein großer Kronleuchter, der mit geschliffenen Anhänger aus durchsichtigem Glas verziert war. „Erstochen?", hörte sie plötzlich eine als Pantalone grün verkleidete Gestalt nicht weit von ihr entfernt leise zu ihrem Nachbarn sagen. „Er hat sich selber ins Herz gestochen?" „Ja", raunte die gelb als

Pagliaccio gekleidete Gestalt neben ihm zurück. „Seine Frau hat ihn gefunden." „Das ist ja gräßlich!" rief der Pantalone aus, und mehrere Gäste drehten sich zu ihm um. Maria näherte sich der kleinen Gruppe zögerlich. Sie war sehr neugierig. Kurz nach ihrer Ankunft hatte der Hotelmanager ihr von der Serie der mysteriösen Selbstmorde und dem schwarz gekleideten Mann erzählt. Sie wollte erst gar nicht an einen Zusammenhang glauben, aber jetzt brannte sie plötzlich darauf, mehr darüber zu erfahren. Andererseits schämte sie sich für ihre Neugier und wollte nicht pietätslos sein. Umso besser gefiel es ihr nun wieder, maskiert zu sein. Ohne Maske hätte sie niemals „Um wen geht es denn?" den Pantalone gefragt, so wie sie es jetzt tat. „Dottore Simone, der bekannte Schönheitschirug, und niemand weiß warum", antwortete dieser. „Wie furchtbar!" fiel auch ihr jetzt nur ein zu sagen. „Hat er keinen Abschiedsbrief hinterlassen?", fragte der Pagliaccio. „Ich weiß es nicht", antwortete der Pantalone. „Die Familie schweigt dazu." „Gab es etwas in seinem Leben, worunter er litt?", traute Maria sich zu fragen. Auch darauf entgegnete der Pantalone: „Ich weiß es nicht. Ich kannte ihn nicht persönlich." Maria nickte dazu. Dann löste sie sich von der kleinen Gruppe und aus Gewohnheit ging sie zu einem der Spiegel. Sie blickte hinein, sie hatte kurz wieder vergessen, maskiert zu sein. Sie war überhaupt vergesslich geworden in den letzten Jahren. Sie war knapp über 30, aber fühlte sich manchmal wie 60. Das viele Reisen, die strapaziösen Auftritte, das nervenaufreibende Lampenfieber, ihr Beruf zehrte an ihr. Und es war in letzter Zeit nicht nur einmal vorgekommen, dass die Souffleuse ihr beim Singen eine vergessene Textstelle vorsagen musste. Als sie prüfte, ob ihre Maske gut saß, sah sie plötzlich im Spiegel den blauen Harlekin, von dem sie sich am Nachmittag im Hotel beobachtet gefühlt hatte. Sie überlegte keine Sekunde, ob es wohl der gleiche sei oder nur zufällig das gleiche Kostüm, sondern fuhr sofort erschrocken herum. Die Unruhe, die sich bei dem kurzen Gespräch mit dem Pantalone und dem Pagliaccio gelöst hatte, ergriff sie sofort wieder bei seinem Anblick. Er kam jetzt eleganten Schrittes auf sie zu, blieb vor ihr stehen, beugte sich vor, hielt sich dabei den Arm vor die Brust, damit die Schellen seines Kostüms sie nicht streiften und flüsterte ihr ins Ohr: „Mir gefällt ihr Kleid." Seine Stimme war warm und dunkel. Sie liebte schöne Stimmen und diese verzauberte sie sofort. Sie wollte nicht antworten. Sie wollte sogleich nur zuhören, lange zuhören. Daher krächzte sie kaum hörbar: „Danke", und verstummte wieder. „Zu gerne würde ich Ihr Gesicht sehen", fuhr der Harlekin fort. „Sie kennen es doch schon", konnte Maria da nicht umhin zu antworten. „Ich würde zu gerne *Ihres* sehen." Er zuckte zurück. Offensichtlich wollte er nicht über die Begegnung am Nachmittag sprechen. „Sie singen hervorragend", sagte er stattdessen. Sie dankte ihm wieder. „Sie gehören an die Scala", fügte er hinzu. „Dort habe ich vor 10 Jahren mein Debüt gegeben", antwortete sie ernst. Sie sprach nicht gerne über ihre Karriere. Der Erfolg erschien ihr so zerbrechlich wie feines venezianisches Glas zu sein. Am besten war es, man fasste ihn überhaupt nicht an. „Ja, ich weiß. Ich verfolge Ihre Karriere schon seit langem", antwortete er. „Und Sie?", fragte sie zurück. „Was ist ihr Beruf?" „Ich bin ein Harlekin, heute wie auch sonst im Jahr", antwortete er streng und rätselhaft. Dann beugte er sich wieder vor und flüsterte ihr ins Ohr: „Ich möchte heute Nacht bei Ihnen sein." Maria errötete hinter ihrer Maske. Er roch so gut, und plötzlich dachte sie: „Er hat den dunklen Raum in mir aufgeschlossen, um selber darin eintreten zu dürfen." Und antwortete mit einer Stimme, die ihr fremd klang: „Ja, meine Zimmernummer ist 302. Um Mitternacht." Dann drehte sie sich abrupt um und eilte davon. Im Augenwinkel sah sie im Spiegel, wie er sich die Hand auf das Herz legte und sich dann auch abwendete.

Die Musik, die Kostüme, der Champagner, sie war bald berauscht von dem Fest und sprach den Rest des Abends kein einziges Wort. Sie ließ sich treiben, herumwirbeln, betören von den schönen Kostümen, berühren von der Musik. Sie liebte es, einmal nicht auf der Bühne zu sein, obwohl alles so war, wie es sonst auch auf der Bühne war. Nur sie hatte keine Rolle und war einfach nur da. Erst kurz vor Mitternacht verließ sie das Theater. Kalte Nachtluft schlug ihr entgegen und ließ sie zittern. Die Gänsehaut auf ihrem Arm schien ihr eine Bestätigung ihres mit Federn geschmückten Kostüms zu sein. Dann ließ sie sich von dem Vaporetto zurück in ihr Hotel bringen. Der Harlekin wartete schon in einer Nische im Flur, immer noch die Maske auf dem Gesicht. Erst nachdem er ihr in die Suite gefolgt war und sie auf sein Geheiß hin das Licht gelöscht hatte, nahm er sie ab. Vorsichtig strich sie mit ihren Fingern über sein Gesicht. Sie spürte sein Kinn, seine Nase, seine Augen, das weiche, wellige Haar. Dann nahm er ihre Hände weg und hielt sie lange in den seinen. „Warum ich?", fragte sie heiser. „Weil Du unschuldig bist", antwortete er leise. Dann bedeckte er ihr Gesicht mit heißen Küssen, sie sank in seine Arme. Nichts war mehr zu spüren von der Unruhe, die sie noch wenige Stunden zuvor in seiner Nähe ergriffen hatte. Es war, als ob seine Gefühle für sie alles andere in ihm verdeckten, löschten, so dass auch sie nur noch das Verzaubertsein von ihm empfand. Während der Mond sich eitel im Kanal spiegelte und von einem Rendezvous mit der Sonne träumte, umarmten sich ihre in seinem Licht glänzenden Körper und vergaßen, wer sie waren und wer sie würden sein.

Als Maria am nächsten Morgen schlaftrunken aufwachte, war der Harlekin verschwunden. Sie las am Vormittag in der Zeitung, während sie mit kleinen Schlucken ihren Espresso trank, dass in Rom ein Vorstandsvorsitzender vermisst werde. Ein Vergehen aus der Vergangenheit war ihm zum Verhängnis geworden. Er verlor zugleich seinen Job und seine enttäuschte Ehefrau und war seitdem spurlos verschwunden.

Hell und klar perlten die Töne am Nachmittag bei der Probe aus ihrem Mund, wie die Luftbläschen im Champagner. Der Pianist griff schwungvoll in die Tasten. Alle spürten, dass diese Inszenierung ein Erfolg werden würde. Nur Maria war innerlich abwesend. Sie konnte nicht aufhören, an den Harlekin zu denken. Ob er wohl der verschwundene Vorstandsvorsitzende war? Nach der Probe ergriff sie wieder die gleiche Unruhe wie am Tag zuvor. Sie lehnte es ab, sich von dem Vaporetto zurück zur Riva degli Schiavoni bringen zu lassen und eilte stattdessen rastlos durch die Gassen. Das Gurren der Tauben auf dem Markusplatz schien ihr eine Antwort auf all ihre Fragen zu sein. Und sie konnte nicht umhin, in die Kälte des Wintertags hinein: „Was habt ihr denn gesehen?" zu fragen. Doch die Antwort der Tauben verstand sie nicht.

Währenddessen saß eine schwarz gekleidete Gestalt in einem Café auf dem Campo Sant'Angelo und beobachtete die vorbeilaufenden Passanten. Als ein Mann mittleren Alters in einem Cordanzug und mit einer schwarzen Brille an ihm vorbeiging, wurde sein Körper plötzlich von einer Spannung ergriffen, und er rückte nach vorne auf seinem Stuhl, wie um jeden Moment aufspringen zu können. Als der Mann einbog in eine Gasse am Ende des Platzes, stand er tatsächlich auf und folgte ihm. Je näher sie dem Canal Grande kamen, desto näher kam er ihm. Kurz vor dem Ufer sprang er vor und griff ihn heftig am Arm. Erschrocken drehte der Mann im Cordanzug sich zu ihm um. Die schwarze Gestalt beugte sich vor. Doch kurz bevor er ihm etwas ins Ohr flüstern konnte, hielt er inne, schaute ihn hinter seiner Sonnenbrille einige Sekunden lang, die sich so langsam dahinzogen und sich dehnten wie Schritte mit Gummistiefeln im aqua alta, dem

Hochwasser, und sagte dann: „Nun laufen Sie schon!" Das ließ sich der Mann im Cordanzug nicht zweimal sagen, und er verschwand sogleich im Gewirr der Gassen. Die schwarze Gestalt schwankte ein wenig. Ihm schien schwindelig zu sein. Er musste sich an die Häuserwand lehnen und tief Luft holen.

Maria lag derweil wieder auf der Chaise Longue im Hotel Danieli und las die Partitur, als sie einer plötzlichen Eingebung folgend noch einmal nach der Tageszeitung griff. Und da! Da war es, wonach sie gesucht hatte. Ein ausführlicher Artikel über die Menschen, die sich das Leben genommen hatten. Der Journalist hatte sich die Mühe gemacht, in ihrer Vergangenheit zu recherchieren und dabei Folgendes herausgefunden: Es gäbe Indizien, dass der Banker, der sich erhängt hatte, während seiner Studienzeit an der Vergewaltigung eines 15-jährigen Mädchens beteiligt gewesen sei. Der Fall wurde damals mangels Beweisen ohne Überführung eines Täters geschlossen. Über den Lokalpolitiker würde gemunkelt werden, er habe sich Fördergelder für die Sanierung eines Palazzos in Höhe von 100000,- € unter den Nagel gerissen, während der Palazzo verfiel, und als er einstürzte ein Kind, das in der Ruine gespielt hatte, unter sich begrub. Die Glashändlern hätte sich wohl nur ein Jahr vor ihrer erneuten Hochzeit von ihrem ersten Mann scheiden lassen, weil er zu wenig Geld verdiente, um ihren luxuriösen Lebensstil unterstützen zu können, und ihren ersten Mann, der sie abgöttisch liebte, so selber in den Selbstmord getrieben. Genau zwei Wochen nach ihrer erneuten Hochzeit hatte er es getan. Und der Schönheitschirurg hätte aufgrund von Kunstfehlern mehrere Menschen so entstellt, dass sie sich bei Tageslicht nicht mehr auf die Straße trauen und ein Leben im Dunkeln und fernab der Gesellschaft führen müssten.

Marias Neugier war befriedigt. Doch die Unruhe ließ sie immer noch nicht los. Sie warf die Zeitung beiseite und sprang auf. Sie griff nach ihrem Mantel und verließ die Suite. Wieder eilte sie rastlos durch die Gassen, auf der Suche nach etwas, das ihr Gemüt beruhigen würde. Es war sehr kalt. Raureif lag auf den Fensterscheiben wie Zuckerguss aus kleinen Sternen. Plötzlich sah sie nicht weit vom Campo Sant'Angelo entfernt einen ganz in schwarz gekleideten Mann mit einer schwarzen Mütze auf dem Kopf und einer schwarzen Sonnenbrille auf der Nase an einer Hauswand lehnen. Er zitterte. Ob dies wohl der Mann war, von dem die Stadt hinter vorgehaltener Hand sprach? Langsam näherte sie sich ihm. Als sie direkt vor ihm stand, beugte sie sich vor. Er roch so gut. Und sein Kinn war so markant, seine Nase so spitz…Sie nahm ihm die Sonnenbrille ab, er leistete keinen Widerstand. Seine Augen waren so groß, sein Gesicht so vertraut. Sie zog ihm die Mütze vom Kopf. Sein Haar war so weich und wellig. Dann riss sie seinen Mantel auf. Zum Vorschein kam das Harlekinskostüm. „Warum?", fragte sie wieder heiser. „Was hast Du getan?" Er seufzte, so wie früher die Gefangenen geseufzt haben bei ihrem Gang von dem Dogenpalast über die kleine Brücke zum Kerker. Dann sagte er: „Ich wollte mich rächen an den Menschen. Ich wollte, dass es anderen genauso ergeht wie mir, dass sie eingeholt werden von einem Fehler aus der Vergangenheit. Ich habe sie erinnert an das, was sie getan haben. Ich hätte aufhören müssen, nachdem der Banker sich erhängt hat. Ich war so erschrocken, aber plötzlich auch berauscht von meiner Macht. Ich war wie gefangen im Bösen und konnte mich nicht befreien." Maria wich entsetzt einige Schritte von ihm zurück. „Und jetzt?", fragte sie kühl. „Ich kann es nicht mehr. Du hast mich erlöst." Maria holte tief Luft. Sie wusste plötzlich, dass er wusste, was in ihrem dunklen Raum war. Sie hatte ihren ersten Freund zurückgelassen, um nach Mailand an die Scala zu gehen und Karriere zu machen. Sie bedauerte es sehr und war sich nie sicher, nicht den falschen Weg im Leben eingeschlagen zu haben. Ihr Freund hatte eine andere Frau geheiratet und war sehr glücklich geworden. Und sie wusste plötzlich auch, warum sie so unruhig gewesen war. Er war wie das personifizierte schlechte Gewissen der Stadt, das eine Forderung an sie hat. Sie hatte ihn geküsst und erlöst. Und bereuen tat sie dies nicht. „Ich denke, Du wirst jetzt wieder Dein eigenes schlechtes Gewissen sein", sagte sie dann und wandte sich brüsk ab.

Da ging ein Seufzer der Erleichterung durch die Straßen, und von nun an erschütterte kein einziger Selbstmord mehr die Stadt. Maria schloss wieder die Tür zu dem dunklen Raum in ihr. Doch ob die Verstorbenen sich tatsächlich das Leben genommen haben, weil sie von dem Harlekin an ihre dunklen Taten erinnert worden waren, das würde für immer ihr Geheimnis sein.

Antigone

Grau brach der Tag über dem mit Leichen gesäten Feld an. Eine unheimliche Stille lag über der Ebene. Es schien so, als ob das kaum getrocknete Blut der Toten alle Farbe aus der Umgebung saugen würde. Ein dünner Nebel blieb dem Tag, in den er sich fröstelnd einhüllte, wie wenn er seine Scham über das, was geschehen war, vergebens verbergen wollte.

Plötzlich löste sich eine einsame Gestalt aus dem gräulichen Schleier am Horizont. Es war eine Frau mit langem, schwarzem Haar. Sie trug ein Kleid aus dunkelrotem Samt und wirkte wie ein Wesen von einem anderen Ort, an dem die Sonne noch schien und kein Unglück die Farben trübte. Doch sie ging sehr langsam und ein wenig gebeugt. Ein Schmerz schien sie innerlich zu verkrampfen. Sie ließ ihren Blick über das Feld schweifen, bis er an einem der toten Körper hängenblieb. Mit noch langsamerem Schritt als zuvor näherte sie sich ihm und kniete neben seinem Kopf nieder. Mit einem Hauch von Bitterkeit kam ihr sein Name über die Lippen. „Polyneikes", flüsterte sie. Mit einer Hand schloss sie die schreckensweit geöffneten Augen, mit der anderen griff sie nach einer schwarzen Tasche an ihrer Seite und zog ein weißes Leinentuch hervor. Sie gab dem Toten einen flüchtigen Kuss auf die Stirn und wickelte ihn dann in das Tuch. Mit den bloßen Händen begann sie, den feuchten Sand neben ihm aufzuwühlen und eine Vertiefung zu graben. Erst als die Dämmerung das Grau des Tages zum Erlöschen brachte und die dunkelblaue Nacht großmütig die Schrecken für einige Stunden verschwinden ließ, schüttete sie die letzte Handvoll Sand auf das Grab und streckt sich dann erschöpft daneben aus. Ihre Wärme sollte seiner Seele den Weg leiten, fort von dem Ort des Grauens, der Sonne entgegen, dorthin, wo auch ihr anderer Bruder Eteokles gelangen durfte.

Bei Anbruch des neuen Tages wurde sie von dem Geklirre metallener Uniformen geweckt. „Antigone!" durchbrach hart die Stimme eines der Soldaten die Stille. „Du weißt, dass König Kreon unter Todesstrafe verboten hat, Gefallene des angreifenden Heers zu begraben!" Dunkel wie Kohle waren ihre Augen, als sie zu dem Wortführer aufblickte und sagte: „Ja. Doch ich folge meinem Herzen, und mein Gefühl hat mir geboten, meinen Bruder Polyneikes so zu bestatten, wie es jedem Menschen geziemt und wie es auch meinem anderen Bruder, gefallen im gleichen Kampf, zuteilwurde. Wenn dies im Widerspruch steht zum Befehl des Königs- so sei es. Ich weiß, dass die Götter auf meiner Seite stehen. Iich fürchte nicht die weltlichen Folgen." Müdigkeit legte sich über die Züge des wortführenden Soldaten. Bedauern über die junge Frau, die ihr Leben so wegwarf, war in ihnen zu lesen. Gleichgültigkeit und verstohlene Freude darüber, einen königlichen Befehl ausführen zu können, lag in den Gesichtern der anderen. „Steh auf", sagte der erste Soldat mit wiedergewonnener Härte. „Wir werden Dich zu König Kreon bringen." Antigone leistete widerspruchslos Folge. Als sie eingeschlossen von Soldaten in ihren bronzefarbenen Uniformen am Horizont verschwand, war es, als ob der graue, schreckensvolle Ort gewaltsam einen Fremdkörper ausgestoßen hätte, herausgezogen von einer äußeren Macht in seltsamem Einvernehmen.

Vor den Stadtmauern von Theben schien die Sonne hell und ließ das sandfarbene Gestein golden leuchten. Bunte Wimpel des Sieges wehten im warmen Wind. Die Soldaten gingen mit Antigone durch das Tor in Richtung des Königspalastes. Nicht allein aufgrund des festen Griffs, mit dem die beiden Soldaten rechts und links von ihr ihre Handgelenke umklammert hielten, stach sie auch hier hervor. Es kannte jeder die Tochter der Ödipus, und innerhalb der Stadtmauern Thebens sprach ihr dunkelrotes Gewand nicht nur von ihrer königlichen Herkunft sondern auch von dem tragischen Schicksal ihres Vaters. So war sie hier nicht ein Wesen von einem anderen, besseren Ort, sondern eine vom Schicksal Gezeichnete.

Die kunstvoll verzierten Türen des Palastes öffneten sich und für den Bruchteil einer Sekunde, einer Sekunde, in der nur der Sinneseindrucks eines fremden, unbeteiligten Menschen zählt, so wie draußen auf dem Schlachtfeld, war es eine junge, schöne Prinzessin mit ihrem Gefolge, die dort die steinernen Stufen zu dem Thronsaal des Königs emporstieg. Doch schnell rückten die Kulissen der gesellschaftlichen Realität sie wieder in das Licht, in dem jeder Bürger von Theben sie sah. Eine crèmefarbener Seidenvorhang wurde beiseitegeschoben, und sie sah sich ihrem Onkel Kreon gegenüber. „Antigone!" donnerte seine tiefe, kraftvolle Stimme ihr entgegen. „Wie kannst Du es wagen, Dich mir so zu widersetzen!" „Hochverehrter Kreon", begann sie mit weicher, melodischer Stimme zu antworten und wiederholte, was sie bereits zuvor den Soldaten entgegnet hatte. „Mein Gefühl hat mir geboten, meinen Bruder Polyneikes so zu bestatten, wie es jedem Menschen geziemt und wie es auch meinem anderen Bruder, gefallen im gleichen Kampf, zuteilwurde. Wenn dies im Widerspruch steht zu Deinem Befehl, dann sei es so. Ich fürchte nicht die Folgen. Ich weiß, dass die Götter dies Handeln billigen und mir nicht zürnen."

Kreon fühlte sich berufen zum König. Auf ihm lasteten keine Schatten der Vergangenheit. Er war gekrönt worden, nachdem sich Theben mit seiner Hilfe erfolgreich gegen die Angreifer verteidigt hatte. Seine Aufgabe war es, Theben goldenen Zeiten entgegenzuführen. So dachte er, und deshalb empfand er Antigones Worte nicht nur als Herausforderung seiner Befehlsgewalt, sondern auch als Herausforderung seiner Legitimation. Auf seiner Seite standen die Götter! Mit ihrer Hilfe würde er die Geschicke Thebens lenken, und sie ließen seine innere Stimme als Staatsmann sprechen. Und diese sagte ihm, dass nur den Verbündeten Thebens in seinem Reich die Ehre der heiligen Bestattung zukommen dürfe. Nur so könne die Stadt ihre Integrität wahren und eine neue Zeit der Blüte anbrechen. Einen Feind galt es immer zu vernichten und sei es mit der Aussicht, das eigene Seelenheil nach dem Tode zu verlieren.

Daher erwiderte er ernst und unbewegt, ganz erfüllt von seiner Aufgabe: „Du irrst Dich Antigone. Du hast Dich versündigt gegenüber Deiner Heimatstadt Theben und gegenüber den Göttern, genau wie Dein Vater. Und Du sollst die Folgen noch fürchten lernen. In ein Felsengrab werde ich Dich einmauern lassen, Dich strafen, wie die Götter strafen!" Ihr Innerstes, dessen schmerzhafte Verkrampfung sich nach dem Begräbnis des Bruders ein wenig gelöst hatte, zog sich erneut in Verzweiflung und Angst zusammen. Kalt wurde ihr, so eisig kalt wie in einem dunklen, feuchten Gemäuer, so als wäre sie schon jetzt in dem Felsengrab gefangen. Doch ihre Augen hielten dem unnachgiebigen Blick Kreons stand. Nur ein neuer Hauch von Verbitterung, dieses Mal ob der Kälte und Grausamkeit des eigenen Onkels, zuckte als harter Zug kaum sichtbar um ihren Mund. „Ein fühlendes Herz irrt nicht", antwortete sie klar und stolz. Dann wurde sie von den Soldaten abgeführt.

Als sich der Vorhang zum Thronsaal geschlossen hatte, befiel Kreon sogleich eine fiebrige Nervosität. Die durch die Fenster einfallende Sonne erschien ihm plötzlich grell und störend, und er ließ sie alle schließen. „Vergiss nicht Deine Rolle als König", beschwor er sich innerlich wieder und wieder. „Sie umfasst auch, persönliche Opfer zu erbringen. Der Staat geht nun immer vor." Seine inneren Worte halfen ihm, seine Haltung zu straffen, und kraftvoll und mit fester Miene verließ er bald den Thronsaal, um sich einigen auswärtigen Angelegenheiten zu widmen. Doch tief in ihm drin schwelte weiterhin etwas. Etwas Fiebriges, grell Gelbes, das ein Schwächegefühl in Wellen an alle Teile seines Körpers sandte.

So drang das warme, goldgelbe Licht, in das der Platz vor dem Palast getaucht war, nicht bis zu ihm vor, sondern er meinte, aus weiter Entfernung den glitzernden Sand, die im Licht glänzenden umliegenden Gebäude und die fröhlich umher eilenden Menschen in ihren hellen Leinengewändern zu betrachten, die noch beschwingt waren von der erfolgreichen Verteidigung der Stadt. Je länger ihn der schöne Tag umgab, desto kränklicher und schwächer fühlte er sich. In diesem Moment kam sein Sohn Haimon auf ihn zugerannt. Schon von weitem sah Kreon, wie aufgebracht dieser war, und er atmete tief ein. Dennoch hatte er das Gefühl, nicht genug Luft zu bekommen, als Haimon ihm entgegen schrie: „Schämst Du Dich nicht, Deinen Nichte und Deinen eigenen Sohn so ins Unglück zu stürzen? Du weißt, dass ich Antigone liebe, in einem Monat wäre die Hochzeit gewesen, und nun hast Du alles zerstört!" Immer noch mit fester Miene antwortete Kreon: „Ich habe meine Pflichten als König. Die Staatsraison geht immer persönlichen Interessen vor. So sehr ich es auch bedaure, Dir die Braut nehmen zu müssen, so sehr appelliere ich auch an Dein Pflichtgefühl als Sohn des Königs. Antigone hat ihr Leben bewusst und freiwillig verwirkt. Du hast sie nicht von ihrer Tat abgehalten, nun musst Du die Konsequenzen mittragen." Haimon war sehr blass geworden. Sein blondes Haar hing ihm wild in die Stirn. Mit brüchiger Stimme sagte er: „Du hast kein Herz. Du bist kein Vater." Noch einmal wurde er von der Wut gepackt und schrie mit aller Kraft: „Ich hasse Dich!" Die Menschen in der Nähe drehten sich erstaunt um. Sie verstanden die Szene nicht, Antigones Verurteilung war noch nicht bekannt gegeben worden. Doch sie spürten, dass dies kein normaler Familienstreit war, sondern dass ein unheilvoller Ernst über der Situation lag. Kreon wandte sich brüsk ab. Das fiebrige Etwas in ihm glühte und pulsierte und machte es ihm unmöglich, irgendetwas Anderes zu empfinden. Haimons Gesicht verkrampfte sich zu einer schmerzerfüllten Grimasse, und er stürzte davon.

Da er sich innerlich betäubt fühlte, ergriffen wieder die großen Gedanken von Kreon Besitz. „Du hast Deine Vergangenheit hinter Dir gelassen, als Du König wurdest. Du bist jetzt ein ganz neuer Mensch. Denke daran, wie glücklich

Du warst am Tag Deiner Krönung. Es kann nicht falsch sein das zu tun, was der Staatsmann in Dir wünscht." So zuckten die Gedanken wie Blitze durch seinen Kopf, und es erschien ihm plötzlich ganz besonders tapfer zu sein, hart zu bleiben und seinen Standpunkt eisern zu verfechten. Dennoch blieb es grell und fiebrig in ihm, und als er gegen Abend den blinden Seher Teiresias in der Nähe der Stadtmauern auf- und abwandeln sah, ließ ein tiefer, unartikulierter Wunsch nach Erlösung den Freund sogleich anrufen. „Teiresias, sprich zu mir! Ich bin es, Kreon. Sage mir, dass ein weiser Staatsmann so handelt, wie ich es getan habe!" „Ich habe auf Dich gewartet", antwortete Teiresias ruhig. Nur die tiefen Furchen auf seiner Stirn, die noch deutlicher als sonst hervortraten, zeugten von seiner Anspannung und Sorge. „Ich sehe großes Unheil auf Dich zukommen. Du verrätst Deine Familie, Du gefährdest mutwillig Deine eigene Selle. Ich rate Dir, verschone Antigone, lass Milde walten!" Enttäuscht blickte Kreon Teiresias an. Die verschlossenen Augen des Freundes, den er immer so geachtet hatte, erbosten ihn plötzlich. „Wie konnte er, der gar nicht richtig teilnahm am Leben, solch ein Urteil fällen?", dachte er. Seine Unterlippe zitterte. „Gönnte er ihm etwa die neue Würde nicht? Missbrauchte er vielleicht sogar seine Sehergabe, um ihn in die Schranken zu weisen?

Die Schranken, die doch gerade durch seine Berufung aufgehoben worden waren!" Vergebens hatte er nach einem Menschen auf seiner Seite gesucht. Plötzlich war es für ihn klar, dass er ihnen allen unwiderruflich durch seine neue Rolle entrückt war. Nur von den Göttern war Halt und Unterstützung zu erwarten. Und sagten nicht die Philosophen, dass man denkend die Welt erkennen und verstehen kann, die Gedanken also in Verbindung mit den Göttern stehen? Seine Gedanken befahlen ihm, an die Zukunft Thebens zu denken. „Ich danke Dir für Deinen Rat", antwortete er kühl. „Aber ich habe meine eigene Wahrnehmung der Dinge. Und ich gedenke, dieser zu folgen." Verzweifelt krampfte sich der kleine Mann vor ihm zusammen. „Ich habe versucht, Dir zu helfen. Wenn Du einem alten Freund, der nur das Beste für Dich wünscht, nicht traust, dann weiß ich keinen weiteren Rat", sagte Teiresias traurig und lehnte sich schwer auf seinen Stock, um unter der ihn übermannenden Schwäche nicht zusammenzubrechen. Stumm gingen die beiden Männer auseinander.

So wie die dunkelblaue Nacht die Schrecken verschwinden lässt, so hebt sie auch die weltlichen Kräfte auf. Als Kreon spät am Abend im Schlafgemach seine Kleider ablegte, spürte er plötzlich die Erlösung, auf die er den ganzen Tag gewartet hatte. Seine wahre Natur, er, der Mensch, der Mann Kreon regte sich wieder. Die grelle, fiebrige Leere in ihm wurde überspült von der warmen Liebe zu seinem Sohn, und er fühlte wieder die gleiche Euphorie und Freude wie an dem Tag, als er von Haimons Verlobung mit der schönen Antigone erfahren hatte, die er so bewunderte dafür, dass sie jahrelang liebevoll ihren blinden, unglückseligen Vater bei seiner Wanderung durch das Land begleitet hatte. Die Gedanken an seine Berufung und seine Pflichten als König waren wie böse Geister, die nur am Tag spuken konnten. In der Nacht wurden sie von dem fehlenden Glauben an die Bedeutung der Krone entmachtet. Kreon streckte sich aus auf seinem Bett und schwor sich, am nächsten Morgen das Urteil gegen Antigone aufzuheben.

Doch sein Schlaf war nur kurz. Gegen Mitternacht wurde er von einem aufgeregten Diener geweckt. „Tot, alle tot", stammelte dieser mit Entsetzen in den Augen. „Hochverehrter Kreon, Ihre Nichte Antigone hat sich erhängt, und als ihr Sohn Haimon sie so fand, stürzte er sich in sein Schwert. Und Ihre Frau, Eurydike, die voller Sorge ihrem verzweifelten Sohn gefolgt war, erstach sich ebenfalls, als sie die beiden Toten sah." Wie getroffen von einem tödlichen Stoß taumelte Kreon und brach zusammen. Er verbarg seinen Kopf in den Händen und stieß grollend wie ein wildes Tier hervor: „Verflucht sei die Krone! Verflucht sei auch ich!"

So verharrte er, bis der nächste Tag grau anbrach über der vom Schicksal gezeichneten Stadt. Es war, als ob das Blut der drei Toten alle Farben aus den gestern im Licht der Sonne noch so goldgelben glänzenden Straßen gezogen hätte. Ein dünner Nebel blieb dem Tag, in den er sich fröstelnd einhüllte, wie wenn er die Scham über das, was geschehen war, vergebens verbergen wollte. Und am Rande der Stadtmauer stand einsam der Seher Teiresias und murmelte vor sich hin: „Wenn doch nur die Menschen ihrem Herzen Glauben schenken würden…"

Herstellung und Verlag:
BoD - Books on Demand, Norderstedt
ISBN 978-3-7431-0430-3